复旦大学中文系作家班

创办 30 周年(1989—2019)纪念

复旦大学中文系高山流水文丛
顾问：陈思和　骆玉明　主编：陈引驰　梁永安

红墙白玉兰

施　玮／著

复旦大学出版社

总序

"五四"新文学运动一百年来的历史证明：新文学之所以能够朝气蓬勃、所向披靡，为中国社会的进步和发展作出了那么大的贡献，一个很重要的原因，就是它始终与青年的热烈情怀紧密连在一起，青年人的热情、纯洁、勇敢、爱憎分明以及想象力，都为文学创作提供了丰厚的资源——我说的文学创作资源，并非是指创作的材料或者生活经验，而是指一种主体性因素，诸如创作热情、主观意志、爱憎态度以及对人生不那么世故的认知方法。心灵不单纯的人很难创造出真正感动人的艺术作品。青年学生在清洁的校园里获得了人生的理想和勇往直前的战斗热情，才能在走出校园以后，置身于举世滔滔的浑浊社会仍然保持一个战士的敏感心态，敢于对污秽的生存环境进行不妥协的批判和抗争。文学说到底是人类精神纯洁性的象征，文学的理想是人类追求进步、战胜黑暗的无数人生理想中最明亮的一部分。校园、青春、诗歌、梦以及笑与泪……都是新文学史构成的基石。

我这么说，并非认为文学可能在校园里呈现出最美好的样态，如果从文学发生学的角度来看，校园可能是为文学创作主体性的成长提供了最好的精神准备。在复旦大学百余年的历史中，有两个时期对文学史的贡献是不可忽略的：一个是在抗战时期的重庆北碚，大批青年诗人在胡风主编的《七月》上发表个性鲜明的诗歌，绿原、曾卓、邹荻帆、冀汸……形成了后来被称作"七月诗派"的核心力量；这个学校给予青年诗人们精神人格力量的凝聚与另外一个学校即西南联大对学生形成的现代诗歌风格的凝聚，构成了战时诗坛一对闪闪发光的双子星座。还有一个时期就是上世纪70年代后期，复旦大学中文系设立了文学创作与文学评论两个专业，直到1977年恢复高考的时候，依然是以这两个专业方向来进行招生，吸引了一大批怀着文学梦想的青年才俊进入复旦。当时校园里不仅产生了对文学史留下深刻印痕的"伤痕文学"，而且在复旦诗社、校园话剧以及学生文学社团的活动中培养了一批文学积极分子，他们离开校园后，都走上了极不平凡的人生道路，无论是人海浮沉，还是漂泊他乡异国，他们对文学理想的追求与实践，始终发挥着持久的正能量。74级的校友梁晓声，77级的校友卢新华、张锐、张胜友（已故）、王兆军、胡平、李辉等等，都是一时之选，直到新世纪还在孜孜履行文学的责任。他们严肃的人生道路与文学道路，与他们的前辈"七月诗派"的受难精神，正好构成不同历史背景的文学呼应。

  接下来就可以说到复旦作家班的创办和建设了。上世纪八九十年代之交，复旦大学受教育部的委托，连续办了三届作家班。最初是从北京中国作协鲁迅文学院接手了第一届作家班的学员，正如《复旦大学中文系"高山流水"文丛》策划书所说的，当时学员们见证了历史的伤痛，感受了时代的沧桑，是在痛苦和反思的主体精神驱使下，步入体制化的文学教育殿堂，传承"五四"文学的薪火。当时骆玉明、梁永安和我都是青年教师，永安是作家班的具体创办者，我和玉明只担任了若干课程，还有杨竟人等很多老师都为作家班上过课。其实我觉得上什么课不太重要，我已经完全忘记了当初的讲课情况，学员们可能也忘了课堂所学的内容，但是师生之间某种若隐若现的精神联系始终存在着。永安、玉明他们与作家班学员的联系，可能比我要多一些；我在其间，只是为他们个别学员的创作写过一些推介文字。而学员们在以后的发展道路上，也多次回报母校，给中文系学科建设以帮助。

三十年过去了。今年是第一届作家班入校三十周年（1989—2019）。为了纪念，作家班学员与中文系一起策划了这套《文丛》，向母校展示他们毕业以后的创作实绩。虽然有煌煌十六册大书，仍然只是他们全部创作的一小部分。因为时间关系，我来不及细读这些出版在即的精美作品，但望着堆在书桌上一叠叠厚厚的清样，心中的感动还是油然而生。三十年对一个人的生命历程而言，不是一个短距离，他们用文字认真记录了自己的生命痕迹，脚印里渗透了浓浓的复旦精神。我想就此谈两点感动。

其一，三十年过去了，作家们几乎都踏踏实实地站在生活的前沿，在商品经济大潮的呼啸中，浮沉自有不同，但是他们都没有离开实在的中国社会生活，很多作家坚持在遥远的边远地区，有的在黑龙江、内蒙古和大西北写出了丰富的作品，有的活跃在广西、湖南等南方地区，他们的写作对当下文坛产生了强大的冲击力；即使出国在外的作家们，也没有为了生活而沉沦，不忘文学与梦想，是他们的基本生活态度。他们有些已经成为当代世界华文文学领域的优秀代表。老杜有诗："同学少年多不贱，五陵衣马自轻肥。"这句话本来是指人生事业的亨达，而我想改其意而用之：我们所面对的复旦作家班高山流水般的文学成就，足以证明作家们的精神世界是何等的"轻裘肥马"，独特而饱满。

其二，三十年过去了，当代文学的生态也发生了沧桑之变。上世纪90年代以来，文学已经从80年代的神坛上被请了下来，迅速走向边缘；紧接着新世纪的中国很快进入网络时代，各种新媒体文学应运而生，形式上更加靠拢通俗市场上的流行读物。这种文学的大趋势对"五四"新文学传统不能不构成严重挑战，对于文学如何保持足够的精神力量，也是一个重大考验。然而这套《文丛》的创作，无论是诗歌、散文还是小说，依然坚持了严肃的生活态度和文学道路。我读了其中的几部作品，知音之感久久缠盘在心间。我想引用已故的作家班学员东荡子（吴波）的一段遗言，祭作我们共同的文学理想：

> 人类的文明保护着人类，使人类少受各种压迫和折磨，人类就要不断创造文明，维护并完整文明，健康人类精神，不断消除人类的黑暗，寻求达到自身的完整性。它要抵抗或要消除的是人类生存环境中可能有的各种不利因素——它包括自然的、人为的身体和精神中纠缠的各种痛苦和灾难，他们都是人类的黑暗，人类必须与黑暗作斗争，这是人类文明的要求，也是人类精神的愿望。

我曾把这位天才诗人的文章念给一个朋友听，朋友听了以后发表感想，说这文章的意思有点重复，讲人类要消除黑暗，讲一遍就可以了，用不着反复来讲。我不同意他的观点，我说，讲一遍怎么够？人类面对那么多的黑暗现象，老的黑暗还没有消除，新的黑暗又接踵而来，人类只有不停地提醒自己，反复地记住要消除黑暗，与黑暗力量做斗争，至少也不要与黑暗同流合污，尤其是来自人类自身的黑暗，稍不小心，人类就会迷失理性，陷入自身的黑暗与愚昧之中。东荡子因为看到黑暗现象太多了，他才要反反复复地强调；只有心底如此透明的诗人，才会不甘同流合污，早早地离开了这个世界。

我之所以要引用并且推荐东荡子的话，是因为我在这段话里嗅出了我们的前辈校友"七月派"诗人中高贵的精神脉搏，也感受到梁晓声等校友们始终坚持的文学创作态度，由此我似乎看到了高山流水的精神渊源，希望这种源流能够在曲折和反复中倔强、坚定地奔腾下去，作为复旦校园对当今文坛的一种特殊的贡献。

复旦大学作家班的精神还在校园里蔓延。从2009年起，复旦大学中文系建立了全国第一个MFA的专业硕士学位点。到今年也已经有整整十届了,培养了一大批年轻的优秀写作人才。听说今年下半年,这个硕士点也要举办一系列的纪念活动。我想说的是,作家们的年龄可以越来越轻,我们所置身的时代生活也可以越来越新,但是作为新文学的理想及其精神源流,作为弥漫在复旦校园中的文学精神,则是不会改变也不应该改变,它将一如既往地发出战士的呐喊,为消除人类的黑暗作出自己的贡献。

写到这里,我的这篇序文似乎也可以结束了。但是我的情绪还远远没有平息下来,我想再抄录一段东荡子的诗,作为我与亲爱的作家班学员的共勉:

> 如果人类,人类真的能够学习野地里的植物
> 守住贞操、道德和为人的品格,即便是守住
> 一生的孤独,犹如植物
> 在寂寞地生长、开花、舞蹈于风雨中
> 当它死去,也不离开它的根本
> 它的果实却被酿成美酒,得到很好的储存
> 它的芳香飘到了千里之外,永不散去
> 停留在一切美的中心
> ——《停留在一切美的中心》

陈思和

2019年7月12日写于海上鱼焦了斋

目录

上篇　红墙 / 001
　　第一块砖 / 002
　　第二块砖 / 019
　　第三块砖 / 035
　　第四块砖 / 061
　　第五块砖 / 080
　　第六块砖（碎砖）/ 087
　　第七块砖 / 104
　　第八块砖（两半）/ 110
　　第九块砖 / 119

下篇　白玉兰 / 123
　　第一枝 / 124
　　第二枝 / 127
　　第三枝 / 141
　　第四枝 / 156
　　第五枝 / 169
　　第六枝 / 184
　　第七枝 / 197

上篇 红墙

第一块砖

1

当我被杨修平的目光一下子罩住时,我发觉刚才忙乱的一切都是徒劳的。

真的是你?你怎么会一下子坐在我面前呢……

我的声音迷茫中带着天真。

已经逝去的时光和那时光中的人怎么可以再出现?消失了的他,带着与他有关的情,突然出现在这个时空里,让我有点不知所措。自己今天的生活中,有哪个空处可以给他呢?完全没有……但我的心此刻却分明完全空着,完全是为了这个男人和一段感情空着。

怎么好像还在睡梦里?时差还没倒过来?他问。

脸红了。我也觉得自己的心好像真的无法从梦中一脚跨出来。

怎么会?回国快一个月了。

为什么一直不找我?为什么到最后几天才找我?

以为找不到……怕……找到的不再是你……

我的眼前浮起紫烟的面容,但我不想在此刻提到她。

找不到的人突然被找到,突然就坐在你面前,是不是吓你一跳?

他笑着看我,并不在乎我的语无伦次。他的笑容里有了一份欣慰，一份满足，一份渐渐的安定。仿佛我们从没有分开过，仿佛我们之间的谈话从没有间断过，仍然无须解释，仍然有着一种在语言之外的"懂得"。

我感到脸上掠过一阵温热，从唇角到眉梢，飞快地慌张地掠过，好像一只跑过旷野晨雪的兔子。似乎一生都没这么容易羞涩，我尽力地将滚烫的心思贴近那雪，渴望细数一遍细碎、若有若无的痕迹。

是。我没想到我们还会再见。我低着头又补充了一句，因为找不到。

我相信会见到！

真的？

真的！

为什么？

不为什么。

……

我们三两个字地对着话，断断续续，都几乎没吃什么，然后时间就到了。

我下午要上班。

不能请假吗？

不能！

那我们还再见吗？

当然！我晚上下班后去找你。你到时告诉我在哪。

嗯。

我答应着，却不知道这个下午怎么安排。虽然走前这几天有很多事需要办，但我现在一件都想不起来。

杨修平和我在路口分手时，我突然对他说，电话号码是紫烟给我的。在洛杉矶机场。

他抬眼看着我，眼神是空白的。

只是偶然遇上，她，孩子的爸爸。

修平的头低了一下，转眼看着路上的行人说，世界真小。然后，他的声音就像在沼泽中，所以……你才会来找我？他没有回头看我，怅然的忧郁隐隐漫过来，浮在他向着我的四分之二脸颊上，既而，只剩四分之一。

我想说自己一直想找到他，我想说并非是因为知道了那一切。但我也无法否认那个事实真相对自己的影响，是紫烟打开了当年她系上的结，一个庸常的结。今天我会拨通修平的号码，这勇气真来自于爱？难道真的没有内疚、后悔的成分？没有……我只能看着他无言以对。

修平转回头来，重新热切地看着我，说，不管怎样，我又看到了你。我要走了，晚上见。

他轻轻放开一直拉着的我的手，转头走。

我看他随着人群过马路，感觉被他放开的手在渐渐冷却。天真冷！我把手插进呢裙的口袋中。修平的身形还是很宽，宽松的运动型短风衣在身后鼓起来。我觉得自己还是记不得他的脸。

我站在人群中，淡驼色大衣上，雪白的细绒围巾轻轻拂动，觉得自己仿佛是浪尖转瞬就会消失的飞沫。想象着他避开人流，站在路那边的树荫下回头看我；想象着他的心突然很痛；想象着他会立刻跑过马路，将我一把抱进怀里，用尽全力地抱，把我嵌进他的身体中去……

双脚一动未动，等再动时，它们带着他，带着我，走向两个不同的方向。

2

我回中国的日子里，每天都会接到丈夫的电话。有时清楚得就像同在一个城市，甚至仅隔了一条街。每次我翻开电话盖时就看到他的眼睛、身体，仿佛站在他面前。他对我是熟知的，并且让我知道这种熟知。我常常想做一些或者仅在心中幻想一些超出他"熟知"范围的事，然而丈夫的"意志"（可以用这个词吧？）完全地覆盖了我的想象力。这让我觉得沮丧并愤怒，觉得自己像个跳不出如来佛手掌的齐天大圣。

喂。丈夫的声音从来都是那么淡定。

我找到了修平。我说。

是吗？呵呵……丈夫没有一点吃惊，仍然笑声爽朗。都十几年了，你把他挖出来干嘛？

我不喜欢他用这个"挖"字，好像是从地里挖出个遗漏的萝卜、地瓜什么的。

他和过去一样吗？丈夫问。他总是漫不经心地对待我一切的感情问题，婚前婚后都一样。这让我所有的"生生死死"，都带上了儿戏的嫌疑。

差不多吧……我又面对了门前的这座山，丈夫成了我人生命运的代表，山那边的情形与我毫无关系。我不想再说修平的事了。

坐在冰冷的石头上，背靠着红漆剥落的木柱，从鼓楼公园山顶上望下去，是那条他刚刚穿过的路。路很宽，黑黑的人头聚在斑马线的两边，涌过来，涌过去，形成一架时断时续的浮桥。十多年来，他的话就那么几句，在我心里隐现回旋，而现在修平的声音，像大群傍晚的燕子，杂乱地飞翔穿梭。

丈夫如海似乎能看见我脸上和心里的表情，他开始说起别的事。某某向我问好，某某问我何时回来，等等。被我留在美国的生活，拖拖杂杂地随着听筒里的风声，散步般不紧不慢地涌过来。

今天风很大。外面的风不知怎么也刮进电波里，给丈夫的声音添上了"距离"的背景。我一边走回茶社，一边想着丈夫的名字。如果没有这个男人，我和修平会怎样呢？

风声静了，丈夫的声音重新变得无比亲近。他轮廓分明的脸出现在我面前，依然是那么明亮。我不得不承认这张脸确实是自己少女时代的梦想。

3

夜，黑净了。

咖啡馆里客人不多。杨修平和我面对面坐着，静默失语。我们各自向后仰靠在沙发上，从容地让往昔丝丝缕缕，细细地渗出来。

我侧脸看着窗子，看着窗玻璃印出的他。

修平隔着缓缓飘散的烟看我……我好像是他一直在找的一把钥匙，一把打开梦与现实之间那道囚门的钥匙。但，他也只是看着我。

他的目光直接地看到我里面，照亮了那个隐密的不肯愈合的伤口。他的存在仿佛是我命运中的一个旋涡、一个黑洞，把我吸进去。

服务员来了一下又走开了，是根不愿被我抓住的稻草。我被他里面的呼唤卷裹着，时光、记忆、意志、理性都分崩离析。十多年的时光，一片片剥离，快得让我感觉不到痛。

埋藏在深处的情感，突浮出来，以从未有过的赤裸让我惊慌、感动。修平的渴望倾刻间完全涨满了我，我僵着脖子不能回头去看他，等他说一句随便什么话。

现在还常常头痛吗？修平以为自己找到一句适当的话，但却一脚跨入了记忆。十多年来，我两侧太阳穴上脆弱、微温、神经质的颤动，仍留在他的指尖吗？

我抬眼看他，一丝只有他能感觉到的微笑轻风般拂上去，眼帘缓缓地垂了垂。修平又看见了那个端着酒杯在人群后面看他的我，眼睛细长，线条智慧而柔和。当他把夹着烟的手微微抬一下表示问好,也是询问我要不要来一支时,我的表情就是这样。缓缓垂下又升起的眼帘。后来他说,像白鸽子的翅膀,优美温暖。

那是我们第一次见面。

当修平穿过人群走向我时,他觉得自己的整个人生都在走向我,无限地向往。然而,他只是为我点了支烟,又走回人群的另一边。没有说一句话,我俩隔着许多喧哗兴奋的男女,互相望着,尽量慢地吸完那支烟……

修平从自己口袋里拿出包烟,抽了支递过来。我有点为难地看着他递过来的烟,没接。抬头对他说:我不吸烟。

他的手没有收回,很固执。我记得你以前吸的。

我早就不再吸烟了,有一天突然没了那种需要。是一种什么样的需要呢?我自己也说不清。但我最后还是接了面前的这支烟,不再是为了烟雾的遮盖,不再是为了烟雾的温暖,而只是顺从地让命运带我回来。回到这个递给我烟的男人面前,允许他再为我点燃。

等我犹豫着浅浅吸了一口后,修平看着泛出红的烟头心里松口气,刚才那个在他眼里不真实的我,终于真实了。

我了解他的心思,吸了一口就不再吸,看着他,宽容地笑了笑,眼神在问:放心了?

十四年,彼此几乎毫无音讯,然而现在竟突然面对面地坐着。当修平和我借着这支烟彼此验证了真实后,就同时移开目光。

我一直在找你。修平的眼睛盯着窗外的那几杆竹子。

我也是。我把目光移来看着他,总觉得这人不会是杨修平。杨修平已经消失了,消失的事物都不应该重新出现。

我给你母亲家寄过贺年片。他将目光试着移回来,但走了一半又回去了。说,那年你二十九岁。

那年的最后一个月我离开,去得很远。等母亲告诉我时已经过了那一年。

我当然记得二十九岁的约定，但我不想让话题进入任何危险的领域。实事上，我俩之间却根本就没有安全区。

我给你写了一封长信，你没回。我说。

我到美国后给母亲打过电话，母亲什么也没说。一个多月后，是中国的大年初一，我的丈夫仍然去上班，美国不过中国的春节。父亲出门拜客了，母亲正好有点累，躺在家里看电视，接到我电话很开心。

母女俩握着一根线的两端，母亲再三地问女儿和女婿生活得好吗？我说当然好，你知道如海那个人的。母亲又一再地让我珍惜这好，然后，终于吞吞吐吐地说了那张名信片。当单纯的母亲把这件老伴不让说的事说完后，我平平静静地向她要了地址，说毕竟是朋友，来年圣诞会回张贺卡，母亲总算松了口气。

当天，我就趴在厨房连向客厅的台子上写信。

真的？我怎么没收到？

修平是那种不撒谎的男人，但这种男人有时带给女人的却是失落与忧伤。

也许是你地址有问题⋯⋯我说着心里猛然有种冲动，脱口而出，为什么不早点联系？

我想，总得有个名目才好寄卡片吧？修平说得很认真，我突然觉得好笑，只是笑不出来。

十四年前你为什么要突然消失？我又看见那扇黑着的窗子，失落的惊慌与痛，迅速地隐隐泛起，我还以为它们早就不存在了。

我怎么会消失？修平的声音很飘忽。我不知道你在上海，我去找你了。

那个晚上，你宿舍的灯没亮，后来一直没再亮⋯⋯我只是自言自语地说，并不想辨清事实，我们之间太多的事说不清。真实总是走在墙的另一边，平行走着却看不见，只能凭声音猜测。

你奶奶，她好吗？

她死了。

哪年？

你走的那年。

4

她长了一张干瘦的脸，很长，凹着弯进去以免显得更长。她的眼睛很锐利，里面瞬息万变又恒定冷清。她盯着我的时候，我就像被催眠一般。我不知道她是谁，她说她是我，百年后的我？现在的我？

每次遇见她，身体中一些原本睡着的事物会突然被唤醒，并战栗。幸好她更多看的是人以外的事物，她不看我，当然，我不需要看她。每次她的眼光移到我身上时，我都觉得被抽空、被抹杀了。

那次我见到她时，她坐在林子里一棵断树上，是个老人。

树是被闪电劈断的，很老，中间都空了，裸出来骨头般的白。断处和横卧的主干上有些焦黑的痕迹，插在地里的枝梢竟又生发出一二根新枝。她用鸡爪般黑瘦的手指，掰碎树干上的蘑菇喂鸡，那样子像是在掰碎天上的云饼喂灵魂。我猜测自己在天国是饲养员的身份，这也与地上写作的身份相吻合。

我在旁边站了许久，她却好像不知道。

这蘑菇不会有毒吗？我刚问出口就觉得很唐突。

它们习惯了。她的回答很平静，好像我们一直在闲聊。乌黑黄褐间杂的鸡们似乎为了印证她的话，吃得格外镇定、悠闲。她说，它们不挑剔。命贱些好，好活！她这才拍拍手上的碎末站起来。

没想到老人的个子那么高，那双好像挂在乌褐色老竹杆上的眼睛，从人头顶上看下来，你们结不了婚的。

我们果然结不了婚。

我说这话时服务小姐正好送茶来,她很好奇地看看我们,呆在那里竟忘了走,似乎在等一段故事。我抬眼安安静静地看她,她就红了脸,忙忙地走开。

老人说这句话时,我的眼睛也是这么故意安静地看着鸡,丑陋杂毛的鸡们走在她旁边,一点都不想避开。其中一只跛着乌黑的脚,似乎了解这句话里一切的隐密。我后来一直在想这句话,分辨是咒语还是一种对事实的陈述。

修平根本不在意,说奶奶常讲些莫名其妙的话,他看不见老人里面的我,或者,是不想看见。

老人一回到家,就在一张架得很高的木板床上躺下来。傍晚暖色的阳光从窗外照进来,我发现老人的鼻头圆圆的,非常平庸柔和,完全是个普通老祖母的鼻子。那个我已经走了,留下了那句话。但那句话并不属于躺在床上的人,修平让我不要记恨奶奶,我觉得他很奇怪。

我依稀看见了点什么,问他,他含糊其词。鸡们都进了窝,没有一只探一下头的。天还没黑净,残阳猛然敛去,快下雨了,云,浓浓淡淡地变幻着让人想入非非。

我一直很想念你。

修平的脸向着我,粗散的阔眉凝在山峦上,没有浓黑到可以转瞬间风起云涌,不顾一切地倾下瓢泼大雨。但却凝滞着,黯然着。那种揪心的痛,不肯散去也不肯转亮。

在这乌云之下,他的眼睛,边沿微红,一道打开的记忆,一道裂在心上的口子。泉涌般汩汩不断地述说,或者又是一字不能说,只是流着看不见的泪,缓缓浸湿我心里的那张白纸,显出纸上的字来。这些字、这些话似乎本来就已被他送达了我的心灵,却被尘封着。

这神情是我熟悉又陌生的。它们一直注视着我,在一种幻觉的世界里向我不断地传递着渴望,仿佛一句诗溢满我的灵魂。然而,这种眼神却是第一次在现实中面向我。我竭力让自己安静地面对它,怕碰破,怕惊飞。

这个男人就坐在我的对面,但我的心却穿越了影子般的现实,想念他。

5

我坐在三亚湾的海滩上。傍晚,淡紫色的海淹没了我,使我可以痛哭而不觉得太唐突。诗仿佛血一般从里面流出,断续地,缓急不定地流泄,带走我的生命和记忆。

我一边写,一边觉得整个人都浸在咸涩的海水中,那是造物主的眼泪吧?在这浩大的泪水里,人可以放纵地,让整个身体、每寸肌肤都痛哭,而不因自己的号啕羞窘。

这是海洋存在的理由吗?

浪不断地爬上岸,时而强劲,充满决心。渐渐疲惫,缓缓地爬动着仿佛要流出泪来。我一动不动地看着它们,似乎面对着他,面对着那个男人对我的向往。然而,我的双脚不由自主地收紧,不让浪沫触及它们。白晰的脚背上,淡青纤细的神经轻轻颤抖,仿佛是绑住我心灵的绳索,让我不能扑向这份爱情。

我想着这个男人最后离去的背影。他的右臂扶着另一个女人。女人醉了,不停地要回头对我说什么。他只是默默地拥着她走,温柔而有力。我也在醉中,却坚持着一份坦然,看着他们离去。女人紫烟对我说些什么,我不想记住,所以就忘了。男人修平一直地走,没有再回头,他背影中的忧伤与无奈,我不敢看,也不敢回想。我仅仅记住了这个男人扶抱女人的样子,而他的怀里没有紫烟,也没有我,只是一缕虚空,如同自己此刻向天空敞开的怀抱。

黯淡的天空,是情人无言的脊背。在心颤的一瞬完成绽放。呈现金黄的芯蕾,向往而难以触摸!

6

第一次看到紫烟,在学生沙龙门口。只有三级阶梯,下了一级就看见修平。他搬着一箱啤酒走过来。我刚喊了声,怎么那么晚?人都到了。就看见紫烟。她在他侧后,穿了身红衣服,太红,也没有别的点缀,让我觉得有点可笑。但我看见她后,那句咒语似的陈述句就把我定在那里。

想走完下两级阶梯,若无其事地迎上去。今晚我必须平静!这也许是我在大学中开的最后一次个人诗歌朗诵会。

但我走不下那两级台阶,我定定地看着修平,修平却不看我。

女孩紫烟把手中的花递给我,说是修平买的,祝贺我。我知道不是,修平绝对不会买花。修平也知道,只得说,怎么会是我,是她自作主张。一边说,一边弯腰搬着啤酒从我身边过去。

他的背很宽很厚,我突然很想抱住他,靠上去。在那一瞬,我心中掠过一种预感。似乎抱住他,将脸贴在他的后背上,让他的心跳一声一声从容地进入自己,这样简单的事会成为我和他生命中的奢望。

修平进了屋子,他始终没有向我介绍紫烟。紫烟很热情地自我介绍,然后说很喜欢我的诗,她似乎对我很熟悉,这使我更为茫然。我说要回宿舍换件衣服,紫烟也要陪我同去。我们就一起走,十几步后,我的手臂被紫烟搂住,恍恍惚惚地听她念了两句我的诗,心里想着修平。他,他们……

紫烟的话很多,不自然地多,我被她水流般的声音冲去,回头想看看修平,修平在上游的岸上,遥远,陌生。

学生沙龙很简陋,条桌,长木凳。桌上铺了红白格子的桌布,是棉布的,不是大学学生沙龙常用的那种塑料布。唯属于F大学的那份海派的精致与浪漫的小资情调,就从这张桌布上溢出。小玻璃瓶中的玫瑰虽是假的,却在暗红的灯光中,挂着脸上晶亮的一滴,生动地欲言又止。

诗歌朗诵会进行着,诗句如火一般热烈,大河般奔腾。我是个很少写情诗的女诗人,读者来信时常称我先生。然而此刻,那些诗句似乎与我无关,我觉得有点对不起烛光中闪着泪的朋友们,心被锁在修平这个普通男子身上。

我坐在音响后面的暗处,看着他,还有他身边的紫烟。他们和屋里其他人不一样,似乎与这里的音乐和诗无关。紫烟时不时在修平耳边说什么,修平点头或摇头,他的眼睛始终没有抬起来看我。紫烟突然把头伏在修平的膝上,修平显然犹豫了一会,还是伸手在她的后颈按揉起来。

我呆呆地看着,整个心都麻木了……

7

几天前的晚上,修平在我的宿舍中。同寝室的女生都出去了。雪子回上海的父母家过生日,梅在男生宿舍打牌,她回来过一次,见修平在就又走了,并特意说今晚不回来。

那天晚上我们和往常一样,默然地不知该说什么。修平坐在窗前,像座遥远而又突然迫近的山峰,我觉得很害羞。我从小被爸爸当男孩养,长大后仍习惯玩在男孩堆里,觉得女孩要比男孩难交朋友得多,所以在女孩面前,我常常有点害羞与惶惑,在男孩面前却总是自信并自如的。但修平不同。是他的内向,或者说是羞涩感染了我吗?

我若对谁说修平很羞涩，没人会相信。修平偏高的身材，因为结实过宽的肩背，而显得稳重敦实，不像一个二十五六岁的青年，倒好像他一生下来就是个成熟的男人。这在校园里格外显眼，给人一种特别的无条件的信任感。但同时，在女孩子的眼里，他虽然男性魅力实足却又欠缺了些俊朗潇洒、浪漫的风采。

修平有一对很男性的小眼睛，神态恒定得似乎从无波动。他的眼神不是闪亮的那种，但你却不能注意地去看，一看便会被吸进去，幽深得似乎没有尽头。等你终于从这隧道里爬出来时，却浑身都沾染了说不明白的忧郁。要过些时间才能被风吹干净，但等吹尽了，却又像是失去了什么。

这双眼睛下面是端正但普通的鼻子，以及很少说话的嘴，嘴唇干燥，唇角抿得平直。他的脸有点黑，我几乎记不得他笑的样子。他走路时像座山在移，但我对他说，你走路的样子像只大瞎熊。

我顺手拿了条绳子，两头一结。问，你会不会翻绷绷？说完有点紧张，自己怎么会让这样一个男人做这么幼稚的游戏？撑着绷绷的手僵在胸前，眼睛去看窗外的星星。

奶奶说翻绷绷会把雨翻来的。

修平说着已经用手指从我手上翻了过去。他看着我，好像看着一个梦想中的家，有父亲、母亲和孩子。修平对我的这种向往，我感觉到了，这份含着家的向往被我以为是份承诺。却不知道，在他只是梦想。我身上的那份幸福，那份完美家庭的幸福，让他气馁地感到无法进入。他觉得自己无法进入那种命定的幸福与完善。他又看到了高瘦的奶奶，她牵着五岁的修平，走在去城里的土路上。

他说，奶奶，天太黑了。
奶奶说，天黑点好。
我会记不住路。

这路不用记的。

那我怎么回家?

奶奶这儿不能做你的家。你没家。孩子,这是你的命,认命吧!

我的命很苦吗?男孩修平常听村里的女人这么叹息,他看了看一点不肯透出亮的天,觉得似懂非懂,但很符合他心灵中的惶恐与忧愁。

不苦!你的命一点不苦!奶奶弯着的背直了直。

但你说我没家。男孩低头踢开一粒石子。

她听着石子向黑黑的路边滚去,静了,才把头仰向黑黑的天空大声说:没饭吃才苦,没工做才苦,没地方住才苦。然后,她的声音变得很轻很温柔,好像是在对修平说,又像是在对自己说。家,只是个梦。没有梦的人照样睡得好,怎么能说命苦呢?

修平看不见奶奶的脸,只是隐约地看着她仰起的下巴,好像夜空下一座削瘦、坚定的山。从此以后,这句话一直刻在他的心里。

没饭吃才苦,没工做才苦,没地方住才苦。

8

那天晚上我和修平玩着小孩子的游戏,看着纵横的线在我俩手中变幻着。

松开,就是结束。

我们都不想结束,或者一定要结束就结束在对方的手上。启明星升起来的时候,我说累了,头痛。修平把没有散开的绳线和我的手一起握在手中,说,那就算我输了。

我把头伏在他的膝盖上,虽然我们彼此还没有说过那个爱字,但我觉得他当然爱我,而自己也当然是爱他的,并且没有可能会不爱。我感到自己女性的体内有一种向他回归的渴望,好像我们是被暂时掰开的一体。

女性？我虽然常常把自己当作一个"女性"写到作品里，虽然从十四五岁起就没断过朦胧诗意的"爱情"，但杨修平令我里面的"女性"第一次苏醒。新鲜、单纯得好似刚刚钻出土层的嫩草。

我们会有生生死死的爱情吗？

我感受着他黑色运动服里传出的体温与气息，很动情也很坚决地想：我要爱他，要很深地爱他。但我并不知道如何来爱这个男人，不知道他需要我如何来爱。当然，我更不会知道，"爱"将意味的一切。不知道"爱"是一份来自上天的赏赐，是一份来自命运的慷慨，是难以由我来独自决定并坚持的。

修平的手指很自然地按在我后脑下面的穴位上，轻轻揉捏。浓密的长发流向另一边，好像外面黑黑的天空，他的眼睛看着它们。二十六岁的他，眼梢以及常常抿着的唇角已有了淡淡的皱纹，在这皱褶间隐隐地藏伏着对命运的不信任。他无法像我那样单纯、动情地享受自己的向住，他只是很想闭上眼睛，让脸埋入我的长发中。也许，在那里面，在女人温暖的芬芳中，他的心可以淡忘一切怨恨与痛，再一次向命运祈求。

然而，他一动不动，只是看着。几乎完全记不清父母样子的他，从小就学会了克制自己，不让自己的四肢去跟随心中的欲望。不去拿喜欢的玩具，不去取想吃的糖果，不去夺回被别人抢走的东西，不伸手去打心中想揍的人。他只是接受给他的，因为他知道只能如此。但等他长大了，这儿时自我保护的习惯却成了一种挣不脱的捆绑，令他不能用行动表达心意。

我没有家……修平像是在自语，声音很轻。

我并不能真正进入他的心思，也就不能明白这句话的意思。但我以为懂得，我知道他没有父母，我对他的爱因此更多了些温柔的怜惜，但其实还是不懂。

我翻过身来，面向他，但没有睁开眼睛。他的手指刚一触到我两侧的太阳穴，就轻轻跳开了一下，再按下来时，他整个人俯下来,好像天借着浓雾俯向大地。那是我们的初吻。

修平走了以后,我关掉桌上的台灯,就着淡亮的天色写了首诗。

9

此刻,我看着修平,我并不在意他怀里的紫烟,也不在意屋里另有些人正悄悄侧身注意他们。我只看见修平,只是感觉着后颈上的轻揉,和他的声音——我没有家。我突然很想读那首小诗,刚才心中的羞愤、猜疑都消失无踪,只剩下无限的柔情。

> 你曾在人群的深处暗叹
> 叹自己操桨的姿态过于孤独
> 如今我从远处而来
> 沿着你的河流　姿态
> 竟也如你一般
> 我们相对着划桨
> 拨动那些真实而平静的水
> ……

修平的头抬了起来,眼睛终于一眨不眨地看着我。他的头似乎抬得很吃力,但当他的眼睛看住我后,一切的艰难都不存在了。我在心中看见了修平没有流出的眼泪,也看见了他也许一生都无法说出口的承诺——我会爱你一生。

朗诵结束后,主持的梅刚说完一段让人深思的话,紫烟突然站起来说她要献首歌。梅有点不高兴,回头看我,我独自低头坐着,好像什么都不知道。有男生就起哄说好。

紫烟唱了首流行歌——我很丑,可是我很温柔。与整个朗诵会那么不谐调,但她很认真,歌喉也还不错。只有我表现得比较坦然,轻轻拍着掌表示接受这份祝贺。梅随即宣布结束,对还没坐下的歌者不置一词。

灯光代替了烛火,大家都在谈笑并继续喝酒。修平准备悄悄离开,但被紫烟拖着来见我。紫烟说,小小,你的诗太让我感动了,但我有点头痛,修平要陪我先回去。我好像面对一件很正常的事,说,好呀!谢谢你们来。我在心里喊修平留下,我相信他听见了,但他们还是一起走了。他没有再看我一眼。

他们一走,朋友们就围着我纷纷问那个女孩是谁?修平怎么会和她在一起?连修平同寝室的大老刘也是一副莫名其妙的困惑样,我的几个铁杆男同学就更忿忿然了。我只是很简单地说,我也不知道,是他朋友吧。

那天晚上,我回寝室后就睡了,什么都不想说,也不想听别人说。我在被子里紧紧地蜷着身子,好像一头缩在自己睡眠中的小动物。我不想认为自己受到了伤害,我只是固执地认定修平在想我,他能看见我的睡姿。

第二块砖

1

我确实在心里看见了小小蜷缩的睡姿,我的心随着她缩紧,紧得生疼。

你不高兴了?紫烟问我。

你为什么要这样?我的声音与其说是愤怒生气,不如说是一份疲惫的无奈。

不知道紫烟是不是从奶奶处知道了秦小小,这些日子她一直缠着我要去我们学校看看她。据她说只是很喜欢她的诗,她可以作为我的妹妹去看她。我最后还是带她去了,但到了小小的面前,我无法对她说,紫烟是我的妹妹。虽然,在我心中紫烟确实是我的妹妹,但我不知道怎么介绍自己和她的关系,故而什么都没说。我以为紫烟自己会说,但她也没有。

紫烟今天的表现我觉得是故意的,但我无法责备她,按她骄纵的性格这已经是很温和了。

走路。坐车。我俩都没再说什么。

到了火车站,晚上的车还有一个小时才到。我帮紫烟买车票时,紫烟说,哥,我们一起回家吧。她见我不说话,又问,你要去找她吗?你想怎么对她说?

我心里确实在想着小小,一心想快点见到她。但被紫烟一问,不由得沮丧下来。是啊,见到她,对她说什么呢?小小和一般女孩不同,她不会开口问我,而我会说吗?能说得清吗?

二张。吴镇。

吴镇离上海只有一个多小时的车程,靠近苏州。只有晚上的慢车会在那个只有一块石牌和几间平房的小站停靠。

我坐在候车室里,虽然是夜晚,上海火车站的候车室仍非常嘈杂。但我什么都听不到,身子完全地瘫靠在椅背上,胸几乎一点都不起伏,微黑的脸在候车室的灯光下一定显得很苍白。我并不想表现出什么来责罚紫烟,她毕竟是我的妹妹,一向都宠惯的小妹。我闭着眼睛,但却无法控制那份忧郁弥漫开,浓得让紫烟不能面对。

我不想听她此刻心中的声音,也听不见周围的一切,我只能听见小小心里的疑惑,这疑惑带给我远比小小更多的伤感与战栗。我听见她说——谢谢你们来。命运伸出它预感的触须抓住了我,那样深地抓住我。

自己和她并没有交往几次,我们甚至还没有真正"恋爱",但我的心中,梦想、爱情、幸福似乎都在小小的手里面。然而,她正在离开,越来越远。我想不顾一切地抬手抓住她,手却抬不起来。浑身都很冷,有些冰冷的汗渗出体外。

我和紫烟上了火车。车厢里乘客不多,我们找个位子并排坐下。她看着窗外,非常年轻的眼睛却升起了一抹沧桑。我的目光一直低垂着,好像一直面对着小小心中的痛。小小应该再过一年遇见我,或者早一个月。但命运的一只巨手罩住我们,在它选的时刻。我在心中拚命地注视着小小,希望这种注视能帮助自己积蓄力量,对抗命运也对抗事实。

这时我从夜窗中看见了自己,一个灵魂,从夜尽头的某间屋子来,身上带着即将散尽的炉火的余温。它悬浮在玻璃幽暗的空间里,看着我,一言不发。

车身一晃，我的目光向左一滑，落在了紫烟的腹部。应该有四个多月了吧？瘦小的紫烟穿了件大大的红线衫，腹部仍显得扁平。这里面真的有个生命？

火车在铁轨上行驰着，彼此间发出节奏恒定的声音，这声音因稳固而强大，而显得冷漠。

2

我和紫烟回到吴镇的家里，父母都已经睡了。悄悄进屋后各回各的房间。我屋里的灯亮了一夜，紫烟也是一夜没睡。

第二天是周六，父母知道我们回来，就一早出去买了许多早点。

紫烟吃完早饭，轻轻推开我的门。我裹着被子面向墙躺着，把头蒙在被子里。

哥，醒了吗？妈买了早饭。我没有回答，紫烟悄悄退出去。

紫烟，你过来。爸妈在另一个屋里叫她。紫烟知道他们要问什么。

烟，你怎么那么不懂事，为什么要去哥的学校？

为什么不能去？

他不会尴尬吗？

会！我还去见了哥喜欢的女孩。紫烟把头一扬，挑衅地看着他们。

你这丫头怎么不知道羞耻？

父亲脸涨得通红，一掌打在她脸上。紫烟就像得着赦令般，放声大哭起来，她越哭越大声，好像要把这些日子憋着的哭声都释放出来。

我就是不要脸，怎么样？让哥娶我是你们的主意，你们现在装什么好人？

你，你，还不都为了你这个不争气的东西。

……

你们别吵了，让平儿听见。软弱的母亲不知所措地看着这对父女，努力听了听外面的动静。问，平儿呢？

还在睡。紫烟说。

那么晚还没起来？是不是病了。昨晚风很凉，做啥跑回来。母亲有点担心。

不是风凉，是心凉。我都没病，他病？紫烟顺口说着，自己都觉得自己很可恶，但她就是想这样，不然又怎么办呢？她看到父亲脖子上的青筋又要暴起，赶紧溜出去。

我们真是很对不起平儿，他只是为了报答养育之恩。唉！怎么会生出这么个女儿。父亲沮丧地坐下。

只有一年，没什么吧？又没人知道……母亲低着头，像是在对自己说。不能说我们不爱他吧？毕竟这么多年，和自己的孩子，一、样……"一样"两个字在她的嘴里含糊着不能清楚地吐出。一年，很快就会过去。平儿从小就疼紫烟，这次也是他自己愿意的。

但你看你的宝贝女儿，她不闹到满世界去？

我想……孩他爹，烟这丫头是不是喜欢平儿呀？她凑近了丈夫耳边说。

呸！亏你想得出来，她，她！唉，不跟你说了。

他气冲冲地出了房，见紫烟站在门外发呆，几乎是恶狠狠地瞪了亲生女儿一眼，转身出了大门。咚咚地下楼，怒气都发泄在水泥楼板上，但它们很结实，一阵声响后，它们平静地看着被送下楼的男人背影。楼梯洞伸出的沿子被强烈的太阳光投下一道清晰的线，在他跨过这道黑白交线时，脸上的怒气消失了，闪过一抹深深的疲惫与疼惜。他想到紫烟，这个四十岁才得着的独生女。

我躺在被子里，他们的声音、动作都无法被门和棉被隔离。我可能真是病了，小小病了吗？她的虚弱渗透了我，我像床湿透的被子，心和身体都不能去看她，不敢去失去。

湿被子里，还有一只细小的萤火虫，我认识它，我对它说，你能不能替我去看看她？它不屑地动了动触须，身上的微亮略有变化，表现出一份怜悯，我讨厌这种怜悯，讨厌这种高高在上的智慧，但当它消失后，我还是感激地领受了它的施舍。

3

秦小小在一夜的似睡非睡中度过，梦里——是梦里吗？还是在她醒着的，却极为混乱、模糊的心中——修平的脸不断地变幻着。

她不愿意觉得自己是在嫉妒、在怀疑。修平向她说过"爱"字吗？小小突然觉得很模糊，那种超越承诺的"知道"像水中的月影一般荡漾着，散去聚来。他在她心中留下的，给予她确定含意的那些目光、面容、掌中的温热，此刻都变着飘飘摇摇，时隐时现。时而毫无意义地苍白着，时而复杂得可以做任何解释。

天大亮后，她心力交瘁地向后倒去，坠入阳光巨大的温暖中。最后剩下一丝意念时，小小对自己说修平不过是个男性朋友。

中文系研究生秦小小有许多男朋友，也就是男性的朋友、同学，在他们心目中她是个完美的梦。他们爱护她好像爱护自己的梦，但像是有一种默契，他们常在一起，却谁也不去追求她。当杨修平出现时，他们曾觉得不以为然，他完全不是白马王子的样子，很普通。但小小眼中发出的那种光辉，令他们开始重新看修平。

沉默寡言的杨修平很得同性朋友喜欢，他是工作后再考研的，年龄略大二三岁。文学系的人本来特别瞧不上新闻系的学生，觉得他们"贫（嘴）、俗、贱"。但喜欢穿运动服，沉稳得有点笨重的修平完全没有新闻人的敏锐，当然也就没有那种轻浮。他就这样被小小身边自命不凡的才子们认可了。

昨晚诗歌朗诵会上，修平却让小小的死党们像吃了只苍蝇，他们在宿舍里越说越气愤。笔名北北的江海峰一句话不说，自己出来直奔小小的宿舍。不管怎么说小小总不该像别的女孩子那样为个男人哭吧，不如陪她去大醉一场。小小的宿舍关了灯。他几次想去敲门，最后还是算了。自己喊出小跟班陆明去喝了一通。

秦小小病了。在床上躺了整整一天。她那颗骄傲的心因为生病的缘故很无力，无法愤怒。他怎么没来？她从决心不听他任何解释，到盼望他能来，给她一个哪怕是完全不成理由的解释。当太阳落尽后，小小只是希望再见到他，什么解释都不需要了，只是希望他坐在身边。

晚上临睡的时候，小小淡淡地问梅，有没有看到修平。

梅腾地跳起来，打开刚熄的灯。小小隔着帐子仍觉得很刺眼，抬起手臂挡在眼睛上。

我还以为你真的能不问呢！我到处都找了，哪都没有！刚才我去问了大老刘，他说杨修平昨晚没有回校。

梅走过来，看着小小。迟疑了一会还是说，他送那个女的回家了吧。

睡吧！小小说。

你真爱上他了？不会吧？他又不是你喜欢的那种俊男。梅希望小小不过是闹闹小恋爱，但看她这次反常的隐忍，心里倒有点忐忑不安。

4

小小走在小路上，土路，原本应该是石子路，但石子们日久天长地都沉到泥里去了。只是细碎地显出点影子，让土路像一道窄窄的戈壁，被两旁的苍绿挤着。小小的脚就走在这道细细的、绵延不断的"戈壁"上，好像在跟随一道脚步。

自己怎么会走到这里？小小不知道，她并不是想去找他，也不是想去找那个瘦高的有着一双深陷眼睛的奶奶，甚至也不是要去找自己，不是要去找那句咒语后的奥秘。她觉得自己不在乎他现在在哪，与谁在一起，不在乎他究竟爱不爱她，甚至不在乎命运。

她只是想走在这条路上。他曾带着她，从这条路进入过他的生活，并在这条路上对她说起他的奶奶。

小小在这条路上看见了五岁的修平，他让小小觉得熟悉，好像是修平里面的那个人，那个让小小能够感到温暖的他。

小小从周日空旷的校园出来，汽车站，火车站，又是火车站，汽车站……身边的人忽多忽少，猛然地鼎沸，猛然地寂静。

她一直感到冷，从昨天起身上就很冷。在恍惚的神思中只有一个意念，就是要去那条路走走。好像这条路是一个棉被筒子，小小想把冰冷的身子钻进去，然后香香地睡一觉。

现在她走在这条路上，时而有道石桥，起来，下去。她继续地走着，仿佛路上只有她一个人，但又不是，她应该能感觉到他的伴随，但她以为是五岁的修平和奶奶的脚印。那些脚印，一浮，一浮，真的带着热气，只是微温，刚刚升过她的脚踝，却难以暖及膝盖。

平——平——

小小被自己心里的呼唤震惊，羞怒地想，自己真是差劲。但她的脚步还是往前走。最后她走到了那棵断树，终于不想再走了。坐下来，然后看见了那些丑丑的鸡。

唉——我告诉过你，你们结不了婚。

一个苍老的声音响在头上，小小没有抬头，眼睛盯着黑棉裤管，好像看到里面黑瘦的脚踝。

其实声音并非出自老人，我看见了她，坐在老人的一根白发上，就像坐在树梢上的天使。她细小的脚上穿着水晶鞋，翅膀上有着彩虹的光泽。但我对她很漠然，她也很漠然地看了我一眼，彼此显然没有兴趣交往。我们在别处肯定遇见过，但失去了肉身，感情似乎就成了知识的记忆。

小小垂着头。在她身边她感觉很安定，呆在自己百年后不灭的灵魂身边，命运就失去了压榨自己的能力。

奶奶坐在她身边的断树上，嘴里吁吁地唤着鸡。小小觉得头很昏，自然地把头靠在了老人瘦硬的肩上。那肩骨似乎为她软了下来。

我不在乎将来，我只想爱他。小小这样说时完全忘了她是他的奶奶，倒好像是自己的奶奶。秦小小的奶奶是个书法家，保养得很好，但小小从不想与她亲热，她气定神闲的样子让她觉得遥远而陌生。

老人长长地叹口气，用干瘦的手把小小乌黑丰润的长发握在手中。我也有过你这样一个女儿。不在乎婚姻，只想着爱。

5

老人的女儿桂芳，就是修平的娘，是这一带有名的美人，刚过十六就有人来提亲，她家的门槛不断地被提亲的人跨来跨去。有的家境殷实，有的小伙诚实肯干，桂芳都不肯嫁。父亲死得早，嫁好这个女儿是母亲唯一的盼望。被母亲逼急了，桂芳说自己不要这么成家过日子。那你要什么？母亲疑惑地问。桂芳只是拧着她的大辫子看窗外。外面没什么，一片有鸟的天，一条流着的河。

有一天，这条河漂来只船，和别的船一样，只是船上的汉子和这里的男人不同，粗壮的身板能宽出一倍去。桂芳爱上了这个男人还有他的北方。男人不肯上岸成家，桂芳就下船漂走了。母亲没能为女儿操办婚席，只好在村前的大榕树下讲一个远在北方的婚礼。讲得次数多了，她也就像见到了一样，大半年后终于释怀。可是女儿桂芳又回来了。

桂芳不再是个美人，也不再是个姑娘，她有了七个月的身孕。生完孩子后，她常远远地跑去坐在河边，母亲问她是不是等他，她说不是，再问，就没话了。她不喜欢看小孩，奶奶把婴儿抱到河边让她喂奶，她奶着孩子，眼睛还是只看河水。村里的人有点躲着她们母女，少妇们牢牢看着自己的丈夫，男孩们开始追邻村的秀燕。那年桂芳刚过二十。

渐渐地，大家也就看惯了河边坐着桂芳，桂芳却不在那了。有人说看见她从石桥上跳下去，奶奶去那人门前呸了半晌，然后在榕树下宣告，桂芳的男人来接她走了。只是那小孩子留下来，虎头虎脑不爱说话。

五岁那年，奶奶将小孩送给了吴镇的一房远亲，不是因为她养不了他，而是想让他有爸妈。他改姓李，过了三年独子的日子。然后，快四十的李家母亲怀孕了，因为指标的关系，他们又把他送回奶奶家。那年他刚上学，奶奶求他们还是带他去城里，最后他被带回了李家，只是改回原来的杨姓。

整个过程中小男孩没说过一句话，任凭大人们决定自己的命运。一年后，李家有了个女孩李紫烟，年纪已经大了的父母爱她如掌上明珠，小男孩不嫉妒，他也爱她。

6

我看着安静听故事的秦小小。那故事我早就熟悉了，人间的故事其实都很普通，我一直想教会我明白命运的智慧，耐心地等着我长大，但我突然感到也许这肉身中的我是永远无法拥有这种智慧了。也许这正是地上这些人的乐趣吧？我看着小小眼里对故事里眼泪与激情的渴望，觉得她是在找一个理由，让自己痛痛快快地哭一场。心里似乎有点理解那个缩在被子里的我心中的爱情，但我却生不出共鸣。

我和白发上坐着的精致的她相继飞走,当我们各飞东西时,彼此一丝牵挂都没有。这种轻松让我产生了好奇,对地上情欲的好奇,那些愚蠢的纠缠,笨拙的磨耗……于是,我又飞回来。

树林里的光线暗了,老人正在下山,小小似乎并没在意她的离开。

他们是夫妻。

这句话散在空中,被冷空气聚成许多细小的冰凌,挂在林子的树梢上。

我栖在她的肩上,她却不可能感到我。我陪着我的肉身爱过的女人,下山,沿着那条小路走回去。我感受不到她的情绪。

小小终于走到吴镇火车站后,她却觉得无法离开这里。

她坐在站台边的一块废砖上。仅隔了十几步远,车站上微弱昏黄的灯光便照不到这里。夜慢慢厚重起来,沉甸甸地压在她背上。前面隔着一道河流般微微泛白的水泥地,火车长长的身子,由北向南,由南向北,机械地、面无表情地,跑在它们的轨道上。

不知道坐了多久,她发现自己心里一直在念两个字:"爱情"。每一个被她念出的"爱情",都咕噜噜滚过前面的水泥地,变成路轨下的一颗卵石,消失在黑暗中。她想着自己所有对爱情的感觉,想着修平,但一切都不再是肯定的。无论是物质的还是精神的范畴,各种记忆都像戴着面具的影子,在她身边飘来飘去,嘲笑她。

这时,她看见了修平。

他从亮着的车站门后走出来,有两三个人在他的前后,他的步子不快也不慢,看不出任何感情色彩。在他的前方,停着辆火车,很长的身子,在夜色中也是面无表情。车厢门敞开,正等着他。他一只脚跨上去后,向这边转过脸来,犹豫着。

小小知道他看不见她,但她将他的脸看得很清楚。苍白,眉头微微皱着,嘴唇抿得很紧,眼神疲惫,隐隐地深藏着一份痛和无奈。小小愣在这张脸的面前,在她的一生中,杨修平留给她最清晰的面容就是这张。等她看清并最后想清楚他眼神中深隐着的痛和无奈时,他已转过脸去,在列车员的催促下把另一只脚也跨上了列车。

那声呼唤没能从小小的口里出来,她面对着空了的亮亮的车门,一动不能动,好像被焊在身后的夜色里。

火车替她发出悠长的呼喊,呜——远去。泪,终于醒过来,由缓至急,流出。

7

我坐在空荡荡的车厢里,不知道小小在哪里,刚才有一瞬我觉得小小就在身边,在不远处。但她与我隔离着,被一种看不见的东西隔离着。因为看不见,无法去撕破或拆除。

夜从半开的车窗里进来,静默地却是疾速地穿透我,把我的心切成一片片薄片,然后让它们夹着夜的寒湿与呜咽,叠成原先的模样,依旧年复一年地跳动下去……

就在我认识秦小小之前的一个周末,我回到吴镇的家,家里的气氛很奇怪。奶奶来了,坐在厅里,她很少来这里,总是我去乡下看她。爸妈在奶奶的两边陪坐着,脸上露出小心奉承的样子,茶几上还放着各种点心,他们从来没有对她那么尊重过,我觉得很奇怪。

父亲看见我回来,尴尬地笑了笑,说去买包烟,出了门。奶奶说,平儿,我有话对你说。母亲忙拉了她的衣袖,奶奶,这事不急,吃了饭再说吧。

妈,你们说紫烟回来了?现在不是假期,她没课吗?

回来了。刚才说去朋友家,也许要吃了饭才回。

饭桌上很沉闷。母亲悄悄地看着我,我一抬头,她却避开去。她把碗筷收进厨房,放在灶台上愣愣地发呆,回身时差点撞在端着菜进来的我身上。

我说,妈,你今天是不是累了?脸色不好。我来洗碗,你先去歇着吧。

你,你还是叫我阿姨吧。她迟疑地说了一句后,见我吃惊地看着她,更是尴尬起来。其实,我没别的意思,我当然把你当自己的孩子一样,毕竟你五岁就到了我们家……只是在你奶奶面前……再说,你也一直姓杨……她自己也不知道在说些什么,就突然停住。然后拉起我的手,看着。

我感觉着她手心的粗糙与温暖,觉得很害羞,但又不想抽回手来。虽然从小就知道这个女人不是我的亲生母亲,但我心中所有对母亲的期望都只能对着她,因为自己完全不记得亲生母亲的样子。但她很少触摸我,每次看她抚摸、拥抱紫烟时,我都很羡慕。我不想认为这是亲疏之别,总是对自己说,我是个男的,和妹妹不同。

平儿,阿姨对不起你。自从有了紫烟,我的心都在这个女儿身上。你有没有怨我?

妈,怎么会?你和爸对我那么好,没有你们,我根本没有今天。紫烟是女孩,又比我小,你们宠她是应该的。我心里很动情,脸上反而淡淡的。其实我内心对感情很羞涩,越是好不容易说出句动感情的话,外面就越是不由自主地挂上层冷漠。

唉——不管怎么说,你能记得我们辛苦把你养大、读书就好。你现在还在名牌大学读研究生,这镇上也没出几个。我们应该算是对得起你了。她见我要说什么,就摇摇头阻止了我。我累了,你今天送奶奶回杨村吧,天黑。

紫烟什么时候回来?

你，你喜欢紫烟吗？唉——她从小就不停地惹事，我们哪里能看着她一辈子？我们都老了。

我看着她，六十来岁，头发几乎全白了，上挑的眼角不知何时落了下来，妈真是在不知不觉中老了。我对自己说以后要多回来看看，结婚后一定要接两个老人同住。

妈，你别担心紫烟，她其实是个好女孩，只是任性点。我会帮二老照顾她的。

你会吗？她的眼睛很兴奋地亮了一下，随即又黯了。

8

我和奶奶坐在最后一班郊区车上，彼此都没有说话。等我们踏上那条去杨村的小路时，奶奶突然牵住了我的手，好像五岁领我去吴镇时一样。她的眼睛看着路的前方，路消失在蒙蒙的星光与黑夜中。

人哪！要知道好！

奶奶的下巴在黑暗中反射着星光的淡亮，尖锐地向前突出。我侧头看着，觉得那下巴使奶奶的每句话都变得非常肯定并无误。

如果不是李家的爸妈，奶奶也许就养不活你，就算把你养大了，你也就和村里的后生一样，认不得几个字。奶奶继续说着。下大力气流汗，也娶不上媳妇……唉！真不知道你明白不明白？

嗯。我虽然不知道奶奶为何要提这些，但我从来没有忘记过五岁时奶奶对我说的话。不苦！你的命一点不苦，没饭吃才苦，没工做才苦，没地方住才苦。我的心里始终感谢着吴镇的爸妈。

奶奶回头看了我一眼。你是应该明白的，你是奶奶的孩子，是懂好的！奶奶不再说话，一直地往前走，瘦长的两条腿坚硬地迈着。等到杨村村口的大榕树显出隐约身影时，奶奶用沉着坚定、不容置疑的口气，平缓地说：你明天去和紫烟领张结婚证。

奶奶，你在说什么？我完全没法相信自己的耳朵，松开了她的手，停在那里。

紫烟怀孕了，那个男的不能娶她。奶奶继续往前走，好像说着一件平常的事。

我也只好慢慢地跟上去。为什么不能娶？

不想娶所以不能娶。那个男孩跟他父母出国了，再没消息。孩子有三个月了。奶奶走进榕树下的黑影中。我停在黑影之外向黑影问，为什么是我？奶奶从另一边出了黑影，回过头来，语气仍是平淡地说：你欠人家的。

要这样还吗？我低下头，跨出麻木的腿，迈进老榕树的黑影。在浓浓的黑影中问：那我的幸福呢？

奶奶立在亮处，略微分着细长的腿，星光照亮了她的高额头、鼻尖、下巴，其余的地方全都隐在比夜更深的黑暗里。孩啊！我们哪里敢说还人家的恩。你要知道好！这有什么不幸福呢？难道你要让另一个孩子和你一样没有爸妈？奶奶停了停，仿佛这个问题很简单，有这么停顿的几秒钟，我就该想清楚了。这是你的命。奶奶慢慢地掉转头，声音平淡地说了句，又继续向前走去。

我跨出榕树的影子，跟着。两边的人家和店铺大都没了灯火，静静的。我觉得四面都是安稳睡眠的鼾声和沉重浑浊的呼吸。

那晚我睡得也很安稳。临睡前，奶奶说李家爸妈只是要我和紫烟领张结婚证，让孩子出生时有名有分地可以报上户口。一年后我们就可以悄悄离婚，并没什么。不过，奶奶又说，紫烟是个不错的姑娘，又在北京念大学，你娶她也没亏着你。有个别人的孩子，虽然是硌着，但这个女人以后也就全听你的了，也不会在意你的身份。看着能过，就实实在在地过吧。

我那天梦见了紫烟，站在那条河边的石桥下，很漂亮，活泼地看着我。我想走过去时，天上有行大雁飞过，带走了我的目光，等再转回来，紫烟不见了。我没有去找她，只是赶紧抬头去看天上飞远的雁。远了,在澄蓝的天上,极高处,很美。我突然感到伤心,并因这伤心而醒过来。

醒来后,我觉得自己没什么可伤心的。奶奶说得对,紫烟比杨村后生娶的任何一个媳妇都棒。再说也只是领张纸,一年而已,自己欠李家的多着呢。

第二天,我们在镇政府领了结婚证,紫烟始终没有抬头看我。我在回上海的火车上,掏出那张纸看了又看,问自己,这真的只是一张纸吗?我把它折了一道,再一道,塞进挎包里面的一个口袋中,有点后悔没把它留在吴镇的家里。我向车窗外的天空看,因为车速的缘故,天空显得格外遥远、虚弱,灰蒙地空着,没有大雁。

9

一周后,我看见了秦小小,仿佛看见了自己生命中最美丽、最娇嫩的梦蕾。当晚,那张叠得很小的纸在我的梦中展开,但我不想去看上面的字。我让一切都照常进行着,但在内心的深处,那张纸总是展开,让我无法回避。我一直不能对小小说"爱"这个字,因为不能说,这个飞快繁殖的字,几乎要把我的心涨破。

我对紫烟说了小小,并说请她原谅,我将来一定要娶小小。那天,紫烟大哭。我不理解她为什么要哭,紫烟不是个爱哭的女孩,我不知所措地看着她。爸妈听到哭声进来,知道缘由后又都出去了。

紫烟哭完,去洗了把脸,见我仍然呆呆地坐在那,便说,哥,对不起。她很好吗?我想到小小,心里一片欢乐的明朗,但我没再对她说什么。当我离开紫烟房间时,紫烟在我背后说,这一年你是我的丈夫。我觉得她有点莫名其妙,想要回头说什么,但没有,只是停了停,走出房门,并轻轻带上门。

以后，紫烟好像认同了小小的存在，她又恢复了像我小妹的样子，不停地问关于小小的事，并去书店买了一本她的诗集。我很少看小小的诗，看见紫烟看，心里总有点别扭。然后，紫烟去了小小的诗歌朗诵会。然后……

第三块砖

1

　　载着杨修平的火车走了以后,我便没什么可等待的,整个人从一种梦游般的麻木中被唤醒,痛变得很清晰。要到第二天早上才有车,我不知道能去哪里,只是仍然坐在那块废砖上。

　　醒来后,时间过得很慢,夜像一条湿冷的被子盖在身上。启明星那天早早地睁开眼睛,将一道极温柔的光照在我头顶,但太远,太淡。我只觉得似乎会在湿冷的夜中永远这么坐着,担心自己也成了块沾着水泥的废砖,不再会动。想试着动一动,四肢都觉得没有动的意义,各自停止着。

　　心裹着疲倦,远远离开我,死一般地睡去。

　　天亮时,我不知道自己是怎么上的火车。太阳升起来,很暖,渐渐很热,很热。我感到整个身体都热得流汗,像太阳般燃烧着,但里面的心仍被残留的夜色裹在湿冷中。

　　火车进上海站前停下了,给一列北方来的特快让道。我并不着急,甚至害怕跨上那个站台,害怕想到他、见到他。我把脸贴在雾蒙的车窗上,看着那辆列车徐徐地从面颊边滑过去。这时我看见了一张男人的脸。

　　这张脸异常清晰。真是不可思异,隔着两道雾蒙的车窗玻璃,和列车间早春寒冷的气流,我看见他,清晰得超过以后的任何时候。这是一张非常完美的男性的脸。浓黑却不失清秀的剑眉下一双清澈的眼睛,充满了纯净明亮的智慧。它们深陷在高挺鼻梁两边,里面的神情宽广而细腻。他的鼻子端正得好像是抄袭希腊雕像,表述着人类近乎崇高的正直。线条简单的嘴唇,略微缺少些柔和的性感,但充满了坚毅、恒定和敬虔。这张脸令我感到那么熟悉,没有类型的区分,没有东西方地域的区分,甚至不在时光里,单独地被我的灵魂"知道"着。但我可以非常肯定地说,从来没见过这张脸。

他似乎也看见了这边车窗里的我,他的眼睛亮了亮,向我招呼着。虽然在两列火车缓缓擦过的片刻中,我不可能看见他眼神中的一亮,但我确实看见了。不仅眼睛,整个身体以至心灵都领受了那双眼睛中明亮得近乎灿烂的问好。裹在心上残余的夜瞬间消失,消失在这灿烂中。然而,当这张脸离开之后,那湿冷的黑暗的痛又雾般升起,拢来。

双脚像踏在云雾上,摇摇晃晃地走着。幸好没有行李,我像个醉酒的人努力让自己的心醒着,保持身体的平衡。迈出火车站,阳光卷着热浪,火舌般舔向我,一下子失去了视力,眼前一片深暗。仿佛猛地跌入心中的黑暗里,四周、里外,全是痛,锥心的痛。感到有双结实的手臂温柔地扶住我,但我顾不得这些。终于放弃了对清醒的努力,一直向着痛的深渊里坠去。平——我绝望地感到自己无法放弃他。

清冽的水流进嘴里,顺着身体中奇妙的粗粗细细的管道流进来,复活着神经。最后,那水流进了我的黑暗、我的痛,紧压着的痛被稀释了。我又看见了那张脸,带着他的明亮与恒定在我的上空,突然感到一种安全中的放松,觉得非常疲倦,几乎要睡去。

小姐,你要去医院吗?关切焦急的神情令这张完美的面容活了,并格外真切。

我摇了摇头说,只是累。一点没有想到自己正在一个陌生男子的怀里,并且竟然丝毫没有去想自己的狼狈和难看的倦容。

你要去哪里?我送你?

F大学。我说完又闭上眼睛,觉得很安心,好像相信并麻烦这个男人是理所当然的。

2

这个男人就是柳如海。这是他自己起的中文名字,他的英文名字是John。John是英文中很普通的名字,但柳如海这个名字却让他觉得充满了很中国的诗情画意。柳如海的母亲是个出生在美国的中国人,她的父亲是一位著名的华裔数学家。柳如海的父亲只有四分之一华裔血统,有二分之一德裔血统,另外的四分之一无从考证。对外公的崇拜让John决心做个完完全全的中国柳如海,柳是外公的姓。当他拿到外公的母校F大学计算机工程系的外籍教职时,他立刻毫不迟疑地放弃了美国的一切,他觉得自己梦想成真了。

他没有直接从美国飞到上海,而是先去了北京,到长城上当一回好汉。其实他要到下学期才有课,但他想早点来,到上海安定后,既可以旁听些中国文化方面的课,又可以四处玩玩。他的外祖母是一位来自台湾的传统闺秀,琴棋书画无所不通,尤其是诗文。故而柳如海从小就对中国诗歌艺术充满了梦一般的迷恋,并且对中国的文学尤其是诗歌有着很高的欣赏能力。

但他不会写,不是因为他心中缺乏中国化的诗意,仅仅是因为他的中国字写得实在是难看,东一个西一个,笔画像用火柴棍搭出来的。他对此一直耿耿于怀,但无力改变,这好像是他成为完美中国人唯一的缺陷。后来幸好有了计算机,他尽量避免用手写中国字,他再也没有试图用中国字写诗。但现代的中国诗已经和英文诗没什么差别,他虽然仍是喜欢却也略感失落。

从北京一路过来，柳如海几乎不想睡觉，他一直坐在窗边，贪婪地看着中国的每一个细节，虽然大多数的细节都把自己藏在夜色里，向他若隐若现。就在火车降慢速度，缓缓地滑行着进入上海站时，他看见了一张苍白的、柔弱得几乎要融化的女孩的脸。她的眼睛里弥漫着他在中国、在诗歌中，弃不掉又抓不住的东西……

此刻，这张脸就在他的肩上。出租车在清晨的上海穿行着，他顾不上窗外的一切，只是想着这张脸。虽然充满了疲倦和病容，但它内在的生动仍闪烁着让他兴奋、惊奇，并且有点不知所措的魅力。柳如海二十七岁前很少做梦，但从这一刻起就再没跨出过梦。

3

我病了。感冒引起肺炎，在医院里整整住了一周。

杨修平一次也没有出现在我面前。他躲在图书馆里，尽量避开一切可能听到我名字的地方。他把自己的脸藏在一堆莫名其妙的书里，呆呆地望着图书馆书桌挡板上微小的日光灯。它们的光漫过挡板盖在他脸上，仿佛一块吸力很强的绵纸，把他所有渗溢出来的悲伤都吸去。他固执地想着我能够感受到他的悲伤和痛切，只有抱定这个想法，他才能理解自己。

从学校到我病床边的路，被他想过无数遍，他经历着每一个假想的细节，以至十多年后，在他的记忆中，他不可能没有去看过我。然而，他的脚一次也没有踏上这条路，他能对我说什么呢？他觉得我应该明白他，明白他心中一切他自己也不清楚的事物或感觉。特别是他对我的爱。他从来不认为我可以怀疑他的爱，虽然他并没有向我表达，但却理所当然地认为我全都知道。他不觉得对我这样的要求过分，他认为是按着自己心里面的爱来要求的。

但我为什么就该明白他那些没有表露过的爱呢？对此他却从未去想过。

杨修平只是很担心我的身体，只是想看见我一切安好，他并不担心我们之间的"爱情"。他甚至出于一种向自己的回避，认为紫烟的事、结婚的事都不算什么。只是需要些时间，只要在这段麻烦的时间上架一座桥，走过去。在未来的日子里，他和我自然会在一起。他根本想不出我还会让另一个男人出现在自己身边，就像他根本不认为自己还会爱上另一个女人一样。而现在我们必须是普通朋友，彼此以普通朋友的身份相守着，直到这一年过去，然后我们可以完美地开始。

他这样在心里想着、安排着，无端地认为我就了解了他心里的一切。当后来一切并非如此时，他只是生我的气，却完全不认为自己的想法荒唐。心心相印是杨修平对爱情的理解，在其他的各种事上他都是个妥协的人，然而对于我，他却一直保持着这种幼稚的、绝对性的期待。

紫烟听说我病了，想来看我。他竟然觉得这是个很好的理由，去探望一个女性朋友。梅打开门，她看到修平时很高兴，仿佛松了一口气，等她看见紫烟，眼睛就诧异地睁大了，疑惑即而愤怒。他这才好像被打醒，虽然还是有点糊里糊涂，但也觉得进退两难。

谁呀？是找我吗？我问。

他已经有一个多星期没听见我的声音了，其他的一切都忘记了，他觉得只要我们面对面，我们彼此的眼睛和心里就看不见、也想不到周围的一切，我们只应该能看见和想到彼此。

事实上当然不是。我看见了他，也看见了紫烟。我对他们很客气，紫烟坐在我床边，他坐在椅子上。我们聊了许久，中间也夹着几次笑声，然后道了珍重出来。

那天晚上我觉得心里很空，好像白天他根本没来看过我，好像已经有一生一世那么长的时间没见过他。我也感受到他的空，但我拒绝了这份感受。

那时,杨修平正在我宿舍的楼下走来走去,终于决定上楼时他看见了柳如海。他从他身边越过,一步两级,跨得坚定而兴奋。他侧身让了一下。他走到我那层楼时,见刚才那个混血的有着一张标致面孔的男人正在敲我的门,他看着他进了门,就下楼往回走,他完全没有想也许这人是找梅的。他心里莫名其妙地开始生气,好像我知道他要去,故意找个人来气他似的。

4

在我生病住院的日子里,柳如海几乎天天陪着我。虽然我的心被修平的名字完全塞满,挤压得生疼,但我还是需要这个老外。他明快的、过于爽朗响亮的笑声,让我心中的寒冷与伤痛略得缓释。在这段日子里,我甚至觉得自己有点依靠这个男人的明亮。

柳如海天使般纯净端正的脸和一米八六挺拔的身材自然赢得了女友们一致的喜爱。他智慧的幽默、近乎天真的坦诚,以及对文学感性的直觉和认知,又使他赢得了我身边男哥们的一致欣赏。我看到身边几乎每个人都向柳如海发出了喜爱的赞叹,出于一种女孩子的虚荣,就更离不开他了。

我原本最讨厌女人的虚荣,但自从紫烟出现在朗诵会上后,我的自信不断地被心里对修平的爱所践踏。越是心中想他,爱他,原谅他,就越是失去自己,我开始需要让我非常鄙视的虚荣。鄙视依然存在,需要也存在。

阳光柔和而灿烂,非常明朗的下午,好像面前的这个男人。柳如海穿了一身普通浅色的牛仔便装,就像太阳本身,坐在草地上。我在他的旁边,还有梅和北北。我们并不交谈,只是在晒太阳。柳如海轻轻地吹起口哨,是一曲美国西部的歌,然后他唱出歌词,声音铺展着一种宁静的向往。我们都听不懂他唱的词意，但都被这歌声细致地触摸了。北北突然说想弹吉他，梅说她去宿舍拿。她俩走后，歌声不知不觉停了，似有似无的哨音仍游荡在阳光中。我在这种阳光里感到从未有过的安全与安宁，我觉得自己越来越喜欢身旁的这个男人，喜欢面对他。只有面对他的时候我可以忘记修平，可以像掀掉一层湿棉被般掀开压着我心脏的爱情。但就是在这样的阳光中，我仍不由地在心里叹出一口气，平——

他们是夫妻。那声音始终很清晰，平静地向我陈述着一个事实。我在这天下午的阳光中觉得自己可以面对这句话了——他们是夫妻。

我应该忘记他了。我这样想着，竟就喃喃地说出声。哨音停顿了一下，又继续下去，柳如海没有问我什么，甚至没有侧头来看我。我感激地看着他，他显然知道我在看他，依旧向着阳光的脸，唇角掠过一丝微笑，我和他一起向阳光望着。梅和北北她们都在竭力怂恿我接受柳如海，我感受到她们撮合中的急切，好像不完全是为了我，也是为了她们自己找一种心理上的平衡。我为此很感动，朋友们竟然可以不自觉地与我同尝了在爱中的伤害与失落。

我可以接受他吗？觉得完全没有可能，但我找不到任何一条理由支持这种不可能。这样一个男人让女孩子没有什么理由不去爱他。这时，我看见杨修平。

是的，他是我的理由，但他能做我的理由吗？修平和我彼此看着，虽然隔得很远，但就好像是面对面。他没有走过来，也没有和我打招呼，甚至连一个特别点的眼神都没有，转身走了。我看着他走开，整个阳光都随他去了，我重又掉进湿冷的黑暗中，面对着自己对他的爱。

5

接下来的日子里，我和比我高出一个半脑袋的老外在一起，常常遇见他。其实柳如海长得很像东方人，只是线条格外英俊挺拔了点，但我喜欢把他当作老外。这使我可以拒绝相信与他真会有心灵中的相通，其实我也不相信自己这时会爱上另一个人。

修平有时和紫烟在一起。最近她常来上海看他，他也希望紫烟在身边。我们俩都希望身边有一个人，这样就可以安全地彼此碰见。事实上我们每天都在焦急地，特意寻找这种"偶然"的相遇，我们需要目光相遇的那一瞬向自己证明一些东西。是证明曾经爱过吗，还是证明彼此仍然爱着？我们谁都不敢清楚地问自己，但饥渴地需要遇见。然而，每一次的"遇见"都伤得彼此体无完肤。每一次擦肩而过后，我们的心都各自坠入一种撕咬中，因为这痛，就更急切地渴望再一次遇见。

一次，又一次，再一次。我俩深深地伤害着对方，也被对方伤害着。像是纠缠在一起的旋风，卷裹着冲向深渊，冲向一个名叫"恨"的断崖。怎能让彼此间有一天生出恨呢？我们一边无法自拔地放不开对方，一边各自积蓄着放弃、停下的力量。

终于，在又一次偶然遇见时，我轻描淡写地说，我要去南方了。

还回来吗？他问。

联系好工作，回来毕业。

我走开许久后，他仍站在原地，他感到了我突然地放手，我知道他痛恨我还有这个能力。

紫烟一直在旁看着。她看着修平，心痛着他的悲伤。这一刻，她看到自己永远不可能给他幸福，但她能放弃吗？

你去对她说吧！她对着他的背终于说出这句早就想说的话。

他却好像根本没有听见她的话，独自向前走去。

6

我没有告诉修平自己具体走的日子,他也没有问。我们彼此都不敢向自己承认一个深藏的盼望。因为有紫烟,因为有柳如海,更因为有那一纸婚书。那些天,时间分成一秒一秒地度过。

也许是一种心灵的感应,在我临走的前一天,紫烟来到我的宿舍。她看着整了一半的行李,对我说,小小姐,你不要走。

我不能说什么,我约紫烟一起去喝杯酒。出宿舍楼时我们遇到了柳如海,我说明天不用他送了,就此别过。

柳如海笑着,并说,好,你反正还要回来,不回来我就去找你。中国也不算太大,呵呵,我的腿长。

我谢绝他一起喝酒的要求,和紫烟走开。我们并肩走在校园外的那条小路上,小饭馆明亮的门脸已隐约可见。我想着John,我不喜欢叫他柳如海,觉得John这个名字更适合他。后来我俩达成协议,称柳如海(John)为大山,一来是因为他大山般的体形,二来是因为一个名叫大山的老外,在中国说相声,他的名字成了一种特定的代称。

John实在是个和我们不同的人。我想。修平和我心中种种的猜疑、预感、斟酌、犹豫,在John心里全都没有。他是那么的简单而直接,似乎永远能肯定知道他自己要什么,不要什么。并且在要得到时全力争取,在要不到时就承认并放弃。他面对离别,想到的是具体的归期,以及用车程计算的距离。

而修平呢?我和他即使面对面坐着,仍是想念,仍是被下一秒钟将临的分离所笼罩,被一些无法捕捉的预感弄得筋疲力尽。John会用他长长的腿跨过他计算好的距离,很平常地就从任何一个地方走到我身边,而修平只是让自己的思念与我的苦苦缠绕,却不会上车下车地去让我靠一下他真实的肩膀。

我需要的是什么呢?

喝完一瓶啤酒后，紫烟对我说，修平并不爱我。我没有说话，只是看着她，我希望她不要说下去。他只爱你。紫烟低下头，看着杯子里清澄的液体。其实你不用离开，是我不该夹在你们中间。

你不要这样说话，你们是夫妻。我和他只是普通朋友。我觉得自己很虚伪，但我在心里对自己说，我必须和他做普通朋友。

其实那一切都是偶然，我们不算是夫妻……紫烟觉得无法向我解释，她也不能把实情说出来，因为她在我面前特别需要一份自尊。为了修平，她可以放弃他，她可以面对他和别的女人的相爱。然而，作为一个女人，尚是少女年纪的她，自尊是她必须为自己保留的。那时他还没遇见你，否则他不会和我结婚的……

我当时真的不知道紫烟在说什么，或者想说什么。我觉得她很奇怪，甚至怀疑她故意用这种莫名其妙的态度来嘲笑我心中无望的爱情。我决心不说话，看她如何"表现"。我实在是个敏感、多疑、心里对爱和感情常存着戒备的女人，除了在"大山"面前。我突然想到"大山"，如果他在就好了。生活中太多的沉重，这一切都与修平有关，只有明朗简单的"大山"除外。

我们会离婚的，只是需要点时间，还有半年，只需要半年了。他最后会和你在一起，你们会结婚的。紫烟急切地看着我。你不要走，你离开他，他会很伤心……我想你知道他很爱你。

我的心里越来越愤怒，我不知道这个女人想做什么，我决定反击。抬起头，脸上显出不太友好的嘲讽。是吗？为什么你来说这些？要离婚就现在吧，何必等到半年后？

紫烟感觉到我的误会，她自己也觉得我没法不误解。这半年……他只是完成一种责任。因为我有了……紫烟的眼睛看着自己的腹部。

我其实早就看出紫烟的身形，只是不愿面对，不愿意去想他们作为夫妻的一切实质性内容。一个孩子，这对于我来说太重大了。我站起来说，明天一早的火车，我东西还没有理好，要回去了。说完走到门前,递了几张钞票给熟识的小饭馆老板,不等找零钱,匆匆跨入黑暗。紫烟却赶出来,在一盏昏黄的路灯下追上我,并把我拉住。

你相信我,我们会离婚的。这个孩子不算什么,它不是我和修平之间的……牵制。他爱你。

我强压着心里的气恼和眼泪。孩子不算什么?是吗?那你,你为什么希望他和我在一起呢?你不觉得自己奇怪吗?你想把你的男人让给我?你很伟大?

紫烟低下了头,很为难的样子,她真想不再说一句话,但她心中的眼睛无法离开修平伤心无奈的面容。

我不伟大,他也不是我的男人。我只是希望他幸福。

她放开了拉住我的手。我没有立刻转身走开,心里的怒气突然没有了。我的目光望着一丛灌木,路灯照不到那里,突然想到灌木是一种愿意也适合收藏哭泣的植物。

你爱他?这一切都是因为你爱他?是吗?

我问的时候没有看紫烟,眼睛一直停留在那片黑黑的灌木上,我用"他"来代替那个名字。我很想说到那个名字,但又希望今生都不要再念出来。觉得每说一次,就会有什么从我里面蹦出去,立刻消失。而我心里面拥有的他是这样的少,这样的珍贵。

我离开紫烟,走了。

7

那个晚上我急急地躲进睡眠,但却一直似梦似醒,我不得不把醒也当作是梦,就这么睡着。紫烟的腹部,或者说一个女人的腹部夸张地隆起,在她面前。婚姻在这不真实的事件中向她展开着真实,一个孩子,生命的延续,承诺,等等。爱情难道真是婚姻的全部吗?面对这个代表着孕育和婚姻的、高挺的大肚子,我突然觉得对自己爱情恍惚起来,虚弱、飘渺,仿佛水中月、镜中花。

第二天,我很早起来,天色微亮,散淡冷漠地看着。我拉着一只小旅行箱,走出南区的后门。没有侧头去看门边的那幢宿舍楼,没有去看那个窗子。我一直走在院子外的邯郸路上,灰白寂静的水泥路,两边种了许多花树。夹竹桃还没醒来,或者只是假睡着,以便藏匿一些影子和话语,不让我的行囊加重。我似乎感受到了它的心意,却不能释然,反而走过去,摘下一片睡着的树叶,放进自己米色的风衣兜里。

我继续走,脚步不快也不慢,觉不出迟疑或是急切,只是渐渐地离开那个窗子。还剩几步路就要拐到大路上去了,我看到车站上没有人,只有一张暗绿色的铁皮长椅等着我。夹竹桃还没开花,互相依着立在路边。邯郸路在蒙亮的曙光中看我,粉色裙子微微飘动着的忧伤,唯独被它留下了一抹痕印。

我上公交车时又看见了她,她早已坐在上面,靠右边的单人座上,她穿着淡绿的薄裙,满脸清爽的笑容,像是夏季溜出来的小仙女。我坐到她的身后,犹豫再三,还是说,你留下吧!

她留下了。我看她飘出公交车,像一缕清新的空气,消失在邯郸路的晨光中。她会在他身边守望他,想到自己仍然需要对他的守望,这出走便突然软弱了……

8

秦小小不是去了一两个月,而是去了一年多。这中间写过一篇散文《终是无语》,寄回来参加一个杂志办的"难忘那份爱"散文大赛。地址写的仍是大学宿舍,梅仍住在那里,准备直接攻博,她不想离开校园。

梅拿着登那篇文章的杂志去找杨修平,看见他和紫烟一起从宿舍里出来,紫烟的肚子挺得很大。杨修平也看见了梅,一个人急急地走过来，走到近前，停住了，却一时无话。

她回来了吗？

没有。

有没有她的地址？

干什么？想写信吗？

梅的手紧紧地握着那本杂志，好像握着女友那颗忧郁孤寂的心，她觉得不能把它在这个男人面前展开。

梅走开许久后，修平仍站在原地。我看着他，也看着一直在旁看着他的紫烟。多年前，在她少女的情怀最初醒来的那一刻，他就进入了她的心。但他们是兄妹，住在一个屋檐下，虽然修平不姓李也不是她父母的孩子，但他和她就像兄妹般相处了那么多年。她憎恨自己的这种心思，但这心思就像洪水一般，越是被竭力地压抑，越是泛滥成灾。紫烟由一个活泼柔顺的小甜妞变成个叛逆的少女，大考那年，她不顾父母的反对，在志愿栏里全部填了北方的大学。终于她离开了家，也离开了修平。

紫烟一到大学就迅速地主动堕入爱情。她选择苏阳完全是因为他太像修平，但爱她的苏阳最后还是选择了父母与前途，他走了。紫烟不能说不痛苦，只是并没有痛苦太多时间。两个月后她发现自己怀孕了。休学回到吴镇的家，她心里终于安静了，仿佛一场自虐的放逐已经结束。她以为自己可以再也不爱像兄长般疼爱她的修平了，因为自己已经成了个坏女孩，并且怀着别人的孩子，再也没有资格爱修平。但意外的事却发生，父母竟然让修平娶他，修平最后竟也答应了。

紫烟原以为肚子里的孩子能够让她避开修平，能让她的心从这无望的感情中跳出来，但这孩子却反而把她和他捆在了一起。修平的妻子，是的，她突然就成了自己心爱之人的妻子。虽然，她知道这不过是一年有效的、一张完全不包含实质内容的婚约，但它仍是完全地，把她抛回几乎就快爬出来的爱情深渊。她禁不住地幻想他也许可以真的接纳她，甚至爱她。或者，也许她可以用这纸婚书把这个男人留在身边。

从她见到秦小小以后，她的心就没有一天安宁。她看着他们的相爱，甚至体会着他们的相爱，她因这爱情而感动，也因这爱情而愤怒。她有时伟大得要立刻还修平自由，不要他因怜悯而留在她身边。但有时她又自怜地想到，自己已经毁了一切，只剩下修平，怎么能放开呢？

终于，这一切的挣扎都要结束了……

当晚，在昏沉的桌灯下，梅又读着这篇《终是无语》，她很想念小小。还有一个月就是暑假，梅决定去海南看她。她看了一眼窗外沉沉的夜空，但她没有看见修平和紫烟正走出大院，他们的手中拖着行李。她更不可能听见他们的对话。

9

杨修平送走了紫烟，他一路回学校时心里很想想到小小，但他不能，他竭力地回避着。他想着吴镇的父母和奶奶。

秦小小离开后仅一个月，紫烟就向修平提出离婚，他只是低着头说要等孩子生出来。又过了两个月，小小仍然没有回来，并且毫无音讯，修平只是尽量地保持在一种麻木规则的生活中。紫烟问他为何不去找她？他说，以后再说。

然后，有一天，紫烟对大家说她已和苏阳联系上了，他现在在香港，他们约在广州见，所以要尽快和修平离婚。全家人都怀疑地看着她，看着她已经很大的肚子。修平不说话，但他里面迅速地渗出轻松和喜悦来，仿佛一个飞快吹大的彩色气球。父亲皱着眉，母亲一直在唠唠叨叨地怀疑着盘问女儿。修平既不想看见自己里面的那个色彩鲜艳的大气球，又生怕怀疑像根针般来扎破它。

　　紫烟拿不出信也无法让父母和苏阳通电话，但她买好了去广州的火车票，催着修平办离婚手续。他还是和她瞒着父母去了镇政府。当晚，他不想回家面对他们，虽然他知道他们不会对他说什么，就像紫烟说的,他难道不该让孩子生在他亲生父亲身边吗？

　　你摸着心说，不是为了自己？

　　这句话像树枝间穿进来的月光，照着他。他在坡上的小林子中坐到很晚，始终低着头，他心里觉得从头至尾自己都没什么可羞愧的，应当理直气壮，但他就是无法在月光下抬起头来。

　　你还是为了她吧？你就让紫烟一个人挺着大肚子离开？

　　她，她是去找孩子的父亲，不是很好吗？他的语调尽量地坚定、稳固。

　　短短地叹了一声，那声音消失了。修平从小树林里走出来时，眼睛一直在看草丛里的萤火虫，我却看见他，只是一束照在他后背心上的月光。他其实没有再说话，而他一路走下去，却自己和自己说个不停。从理性上说，他觉得他没道理，但在感情上，他的道理都在他的没道理面前羞耻起来。

　　从那一刻起，杨修平尽量避免想到小小，他不能让小小和与小小相关的那些思念、爱，被这羞耻渗入，哪怕只有一丝。他甚至渴望有一天与小小重新相遇，像两个陌生的人，没有一丝暗影，单纯地开始，明亮地进行。我看着他这些想法，觉得人真是很奇怪，但又很有趣。

　　梅第二天又来找修平，她说自己要去海南看小小，问他去不去。他无法答，昨晚紫烟挺着肚子上火车的身影横隔在他和小小中间，他希望暂时不要想到小小。在梅生气地转身离开时，他终于还是说，你把她的地址给我好吗？我给她写信。

　　过了一周，杨修平才发出那封信，信不长，在信中他像一个普通朋友般说了些学校的事。他没有提到紫烟，更没有说自己离婚的事。在他的心中，完全拒绝想到紫烟及离婚与小小有任何关系。但有一句话，好像是无意识间从他心中溜出来的，夹在那封普普通通的信里，去找她。

无论是夫妻，是情人，是朋友，我都向往着你。

10

秦小小坐在海边，大海像一朵紫色硕大的菊花，缓缓地翻卷着深深浅浅的花瓣。杨修平的这句话找到了她，并刺入她的心里。那封普普通通一页半纸的信，似乎只是一个载体，一只刀鞘，现在空了，躺在她身边。

我也随着信回到她身边，看到她脚边沙滩上有许多细小的洞，洞边花瓣般扩散着由密渐疏的沙球，许多比蚂蚁大不了多少的小螃蟹忙碌地乱窜。她看着它们，也看着我，但我知道她什么都没看，那句话，一叶障目般封闭了她。我听着海浪，对我的肉身不以为然。难道她不知道她只能活短短的八十年？一瞬间的事，却弄得那么复杂。我看着这个我，懒得向她说什么。

小小给修平打电话。

决心去打不容易，找电话打长途也不容易，听了多次宿舍管理员的声音后，终于有一次听到他的声音。他们彼此问了好之后，就没什么可说的。她想对他说，你来吗？但她没有说。他也想说，你回来吗？也没说。但他们都听见了彼此的呼唤，只是不能应答。

电话放下后，小小走到海边，对修平说，我无法回来，只有你来。她想着紫烟，她应该快生了吧？

修平也在计算紫烟生产的日子，不知道她在广州如何。上周末他回了一次吴镇，问母亲有没有紫烟的消息，母亲说没有，她用红肿的眼睛恨恨地看他，好像是他逼走了她的女儿。

快放暑假时，修平有一天遇见梅，梅告诉他自己约了柳如海一起去海南。她的眼睛挑衅地看着他,希望这个男人能说点什么,但他什么也没说。几天后他买了一张去广州的火车票,从那里坐长途车可以越过海峡,到她的身边。他做着一切的打算,但没有对任何人说,甚至他自己都不能肯定是否会使用这张火车票。

11

就在杨修平要起程的那天清晨,母亲从吴镇赶来,敲开宿舍的门。她手中拿着张电报,上面写着广州一家医院的地址,并"李紫烟难产,请家属速来"的字样。他安顿好她后,就去火车站买票。去广州的卧铺票早就没了,这时他才想起口袋里的那张车票,他决定再买一张同列车的硬座。当他排队买票时有个黄牛来问他要不要卧铺票,他坚决地摇了摇头。票马上被后面的人买走,票贩子回头对他说,三十六个小时!哼,舍不得俩钱?

火车,开,停,开,停。李母来硬座车厢找过他几次,让他去卧铺车厢坐坐,他不肯去。车厢里很挤,大多是涌向南方去捞钱的农民兄弟,他们吆喝着彼此关照,一乡一村地在车厢里占据地盘。

杨修平蜷缩在很小的一个范围内,脚下和头顶的行李架上都躺着人,入夜后列车员都去睡了,李母也终于不能过来。他静静地在此起彼伏的鼾声中看着窗外,沉沉的夜色里,树木、房屋、大地都在飞奔。

他想着小小,从距离上说,他正在飞快地靠近她,但他必定到不了那里。柳如海会不会也坐这趟车?杨修平仿佛看见他迈着长腿走向小小。坐在海边的小小背对着,一直没有转过身来,直到柳如海大山般的身子掩去了她。

他为着自己的选择而觉得有点悲壮,似乎可以在一种平衡中想想她,只是这一想,便泛滥了……

天快亮时，他周身的骨头都在疼痛，里外都充塞着极污浊的空气，无法伸展一下。但他却在这里面感到安慰，让一份无奈的痛爬过苦涩的舌苔，流出去。心灵好像终于喘出口气来，渐渐睡了。

　　走出广州火车站，几辆去海南的中巴大巴在拉客，他只是看了一眼，就陪焦急的李母钻进一辆出租车向医院驰去。在出租车里，他把刚才大巴上的到站名想了又想，"三亚"，一丝亲切，一丝慰藉，一丝酸楚。

　　梅和柳如海正坐在一辆大巴上，大巴前窗放着"海口"、"三亚"字样的牌子。梅靠着窗边，她看见一个像杨修平的人钻进出租车，但她以为不可能是他。

　　……

12

　　柳如海、我和梅回到了上海，我们开始恋爱。

　　柳如海凭着自己近乎中国人的脸，并大大地夸大了自己的中国血统，终于说服校方，从外教留学生楼搬出来，住进了研究生住的南区。他的宿舍正好和修平的在一幢，但在不同的两个楼梯单元。

　　那个学期开学后的第三天，柳如海记不得是因为什么，他把长胳膊搭在我的肩上，我没有躲开，我们说笑着。我回头去看楼梯口，说，梅真够慢的。

　　柳如海看见了杨修平，他愣愣地看着我们，脸色煞白。柳如海被他这么一看，才发觉我被他的长胳膊一搂，好像整个被拥在了怀里。杨修平显然是误会了，但他不想放开我，他觉得这个男人完全没有资格来爱这个女人，不仅仅是因为他的婚姻，更是因为我流在海边、流在他和梅面前的许许多多眼泪。他紧紧地搂着我，感受着也心痛着我的瘦小，用平静的带着一种权利的目光看他。

这时，我转回头来，也看见了修平，我微微地挣脱一下，但随即软弱地麻木在柳如海的怀中，被他拥着经过修平的身边，离开了他苍白的面容。

那天以后的时间，我没有一刻能不想到修平，我在心中越来越深地坠入他的苍白中。

我没有和梅一起去食堂打饭，说是要去自修室。在校园中转了一圈又走回南区，当我发现自己就站在修平的宿舍楼前时，开始骂自己。离开了一年，难道又要走回来吗？你是个破坏别人婚姻的女人吗？还有那个孩子……他应该已经出生了吧？我掉头走开，却怎么也走不出他的面容。

我只得去找柳如海，他却不在。我留下纸条，说自己在学生沙龙等他。

13

我坐在沙龙角落的暗处，面对着桌上的一小盏烛灯和一杯咖啡，感到他好像就坐在斜对面的另一个角落里看我，然后起身，走过来。他手上微红的烟头，缓缓地向我移动，就像我俩初次相遇时那样……

你好。杨修平不知何时进来的，已坐在了对面。看着我，手垂在桌下，并没有点着的烟。一个人？他问。

我抬头看他，他的面容那么熟悉，好像一直就这么在我的对面。端正普通的鼻子下面，嘴唇有点泛白，唇角起了泡。他望着我，目光像是被悄悄收藏起来的秋色，在冬夜里展开，忧郁、怅惘和一抹浑浊金黄的温暖，都像酒一般被酿得浓郁，令我渴望融进去。

我们谈谈好吗？

谈什么？我只是软弱地询问，并没有一丝质问的口气，只是迷茫于谈什么？

他似乎也就坠入了这份迷茫，谈什么？

我想去看你的，票都买好了。杨修平想着那一夜坐在火车上，对面前这个女人的思念。

噢。我只是轻轻应了一声，既不是怀疑也不是相信。怀疑和相信似乎都无关紧要，我只是很虚弱地被里面的爱情压着。

我爱他，无论他是否曾要去看我。

我只是努力地闭着嘴唇，不对他说，我爱你。因为他是别人的丈夫，甚至是父亲。

后来，她在广州难产，我和妈去照顾她。

杨修平似乎希望我询问些什么，但我脑子中一片空白，我只是看着他，等待他说下去。他便没了声音，但我感觉到他里面的话，一些很重要的话，正在酝酿，好像大雨前默默涌动的乌云。真不懂这男人为何说句话需要这般费力，但我只能等着。

他闷了许久，突然抬头问，你和他？那个老外……

我等着那句"我很爱你"，我分明已经听了多遍，等着它一点点从他心里，翻山越岭地爬出来，却穿上了这么件"马甲"。

孩子好吗？你做爸爸了吧？这句话一出口，我就觉得想哭，一阵慌乱。你会离婚吗？

我自己都没想到嘴里会蹦出这句问话，立刻被一种自责和羞耻淹没。这时我看见了柳如海，他在门口向里张望着，还没有看见我。

这怎么说呢……

等他还在想着如何措词时，我一边站起来一边说，我只是开玩笑，对不起！有人找我，我出去一下。

他抬头看着我，他希望我不要走。我显然感受到了，但我必须离开，一是怕柳如海走过来，一是因为无法面对自己心中的自责，而他在这句问话面前的犹豫和为难也让我更觉得羞耻、难堪。

但我还是说，我一会就回来。

14

我匆匆地走出去，跑到柳如海面前，柳如海看见我，一脸灿烂地笑起来，我没等他说话就一把拉他出了门。好像是怕修平看见他，但为什么要怕呢，我无法给自己一个理由。

我去自修室找你，你怎么没吃饭？柳如海被我拉着走了一段后坚决地站住，他不明白我为什么一个劲地拉着他走。

你先回去吧！我说。

为什么？你不是约了我吗？一种本能令他固执着。

没什么，我，我现在想一个人喝酒。

……

柳如海今天出奇地固执，说来说去就是这句话，我约了他，他来了，我为什么要一个人呢？我心里越来越烦躁，我们在路灯下已经纠缠了很久，我无法说服他。我想着修平，他不会一直坐在那里等我，我想赶快回到刚才与他的对坐中。

也许，是出于对命运本能的感应吧，我要赶快回去，抓住那一瞬即逝的机遇。我好像看见了一扇门，在命运的轨道边，被时间一掠而过，迅速地向后飞逝，越来越远。我的心都被抓紧了。

不顾一切地甩开柳如海的手，说，我今天真的有事，我想一个人。

我转身就走。柳如海却用被甩开的手加上另一只一把抱住了我，他把我抱得不是太紧，但却无法挣脱。他弯下大山般的身躯罩着我、覆盖着我。他对怀中的女人说，我很爱你，我想娶你。

这时，我看见了修平，他从沙龙门口出来，正好往这边走。我们俩的目光遇见了，他脸上的平静与礼貌让我心中冰凉，我停止了挣扎，静静地呆在柳如海的怀里。修平微微笑着和我打了个招呼，就从另一条路走开。

泪，从我的眼中始缓渐急地流下，耳边一直是他的声音，这怎么说呢——眼前是他刚才平静的微笑，是他离开的背影。我不知道自己的眼泪是为什么而流，只是任它流着。

柳如海感觉到了我的哭泣，他没有松开我，也没有说话，只是更紧地拥着我。他想也许是自己突然的表达吓着怀中的女人，但他是真的爱这女人并渴望她知道这爱。他在心里祈祷让自己一生都可以环抱她、保护她，包括她的莫名其妙和她忽然流出的眼泪。

后来，他告诉了我那一刻的祈祷。

15

很多年过去后，他仍不能算很了解我，但他并不在意。凡是我对他说的，他都牢记着并尽可能地去理解并满足我；凡是我没有对他说的，他都坦然地让我独自保存着。我觉得这是他很奇异的一种特性，而柳如海一直认为这只是很普通的尊重。

出生在基督教家庭的他对爱的理解就是《圣经》上说的那些，凡事相信、凡事包容、永不止息，等等。他那么喜欢我，自然就这样对我。在起初的许多年中，我都觉得他这种爱情观很可笑，也很傻。我觉得自己一定会伤害他，事实上我不止一次地伤害了他，但他不觉得。因为在他对爱的注解里，还有——爱是恒久忍耐，是不嫉妒，是不计算人的恶……还有许许多多。在以后的十多年甚至一生的日子里，我越来越觉得这个男人的爱无边无际，就像他第一次，在校园南区一盏普通的路灯下，环住我的怀抱，并不很紧，但无法离开。

我想要你做我的妻子。不是现在，任何一个你愿意的时候。答应我，若你想有个丈夫，有个家时，要想到我今天对你说的。

柳如海等我抽泣的肩安静后，轻轻在我的耳边说。然后，又等了一会，像松开一只刚刚被包扎好伤口的小鸟般，放开了我。

我呆呆地立在那里。被这个男人的话感动了，他那样肯定地、充满切慕地对我说——我想要你做我的妻子。我渴望修平会有一天这样对我说，但我连想象一下都不敢，他只会说——这怎么说呢。修平对我的爱情在我心中有时是确凿的，但却会在下一个瞬间变为完全的虚幻。那一刻，我会在记忆中搜寻任何一丝证据，来抓住刚才还确定存在着的爱，但却没有。他从来没有给我留下可以证明他爱情的凭证。

回去睡吧！我的小女孩，明天再想都来得及。柳如海把我的头拍了拍，转身离开。我这才发现自己已站在宿舍的楼梯前，管理员阿姨从窗口看着我。

16

柳如海走前摸我头的那只大手，和他的话就留在我心里，暂时填塞着杨修平造成的空洞。但我还是害怕一个人上楼，害怕一个人沉入睡眠，也害怕一个人醒着。更怕自己会去找他，会再去问那句话——你会离婚吗？我决定去找北北他们喝酒。

我去买了许多下酒菜还有酒，很重地提着。梅正好在北北他们宿舍，还有同宿舍的陆明，还有一个小女生。他们用电炉炖着小鱼、汤菜吃。北北最拿手的绝活就是拎起一条小鱼，从头到尾嚼吞下去，半根骨头都不吐。他总是责怪别人吃得太浪费，大家面对他的吃法自然无话可说，就尽量不去吃那几条鱼，以免面前吮不干净的鱼骨让他挑剔。

酒喝得很开心，聊得也很纵情。我喝得特别多，聊得也特别多，就醉了。我不知道自己都在说些什么，只是突然听到了修平的名字。然后，听到那个陌生的女孩说，她同寝室的王瑛锁定了这个目标。另外几个人都看着我,一时间静默了。小女孩不知所以,傻傻地瞧着他们。陆明白了她一眼,说,胡扯什么!低俗。小女孩说,就是。你们认识杨修平吧?我早就对她说了,那是白日梦,套不着的。但她根本不听,说是认准了……

我突然笑了,开口说,认准?哈,怎么认准?那个人是结了婚的……还有孩子……我说着就觉得想哭,酒精麻醉了自控系统,好像很难忍住。我向背后的棉被上靠去,让床铺的蚊帐挡住自己。

姐,这有什么?管他结婚没结婚,看准了就要呗!女孩见陆明瞪了她一眼,又赶紧解释,我是说王瑛。她来这里不就是为了套住个有文凭的丈夫?否则,花那么多钱?

还说?你还不是一样?陆明这些日子被这个英语进修班的小女生追着,越来越有男子汉的感觉了,他厉声地训斥她。

你多大了?我从蚊帐后的暗影中问。

十八。女孩再不敢多说话,目光怯怯地看着陆明。

梅先笑起来,说,代沟,代沟。没什么好说的,陆明,你们玩去吧,我们继续喝。

陆明送女孩出去,几分钟后就转了回来,说打发她走了。他又对我说,我问过了!只是那个王瑛的一厢情愿,根本与杨修平无关。我说,也与我无关。

但有一个人与你有关。陆明卖了个关子,停着等我问。但我不问,甚至根本就漠不关心,只是从被垛上欠起身来喝酒。他只好自己接着说,我刚才碰见大山。那小子黑天瞎火地在你楼下散步呢!我跟他说了你在这……

我没说什么,仍是喝酒。北北和梅却不约而同地夸赞起柳如海来,好像是在说给我听。我就说,你们这些保媒拉纤的就快拿着红包了,别急。北北和梅就笑,自己也觉得明显了些。梅说,这是为你好,跟那个阴死阳活的人折腾什么?老婆,孩子,这还弄出个小女孩,尽是麻烦……

行了!别啰嗦了。这人与我无关。大山对我说,他想要我做他妻子……柳如海的大手又在我的头顶抚摸着,在这大手温暖的抚摸下,我苦笑了,但那苦涩被迅速地融去。

17

我半醉半睡地沉入疲倦,恍恍惚惚地听着大家说笑,恍恍惚惚地好像是柳如海来了,又恍恍惚惚地看见大家都走了。我想喊住他们,但不能张口,酒劲一阵阵涌上来。柳如海倒了杯茶,然后坐在我身边。我半躺着,上身都依在蚊帐的暗影中,睁开眼睛朦朦胧胧地看他。他的脸在亮处,充满关切地朝向我,眉眼明朗,鼻子坚定,嘴唇温和而朴素。我想着这嘴唇中的话——我很爱你,我想娶你。

那晚,我和柳如海做爱了。

当他覆盖我的时候,我渴望被他永远覆盖。渴望自己的生命、生活、心灵、情感、记忆都永远被他覆盖。渴望这个纯净的男人成为我的世界,里面没有修平,没有爱恨的纠缠,没有嫉妒与无奈,没有一丝浑浊。

我们的性爱非常完美,充满喜悦与乐趣,适度的激情、温柔缱绻……我俩是从容的,好像一对婚姻中的男女。只是他没能完全地覆盖我,他适度的激情没能像龙卷风般,拔起那些记忆的树根,没能将我的世界扫荡成空白。

当他睡着后,我轻轻起身,看着窗外。酒在做爱中挥发已尽,我醒了。因为他睡在那里,我第一次感到酒醉初醒并不孤独。

安闲地看着窗外,外面刮起了狂风,没有雨,只是风。篮球场边上的双杠、单杠都仿佛有了些飘动,吊环像两只黑蝴蝶般飞舞着,上下翻飞追逐,相碰又荡开。路灯的灯罩可能松动了,发出当当的响声。刚才,正是在这盏路灯下,我竭力想离开柳如海，竭力想回到杨修平的身边，竭力想进入那扇被命运飞掠而过的门……我又看见了那扇门，遥远得隔着一个世界，但门里站着的修平却清晰得像是工笔画。

第四块砖

1

我父母都在一个小城的缝纫机厂工作，他俩绝对不算朴实本分的工人阶级。我的父亲是个具有理性和野心的男人，不仅心大，头脑也敏锐。但命运和时代一同把他困在了小小的缝纫机厂，在他不懈的奋斗与努力下，四十岁那年终于登上销售科长的宝座。

在一个小厂中爬上销售科长宝座，与爬上国家任何一级领导宝座一样，对于没有好运光顾的人来说，其间包含了全力以赴的忍耐与盼望，斗智斗勇和各种阴谋诡计，卧薪尝胆和六亲不认……

虽然他们给我起了一个极平庸的名字——王瑛，但我继承了父亲的执着与勇敢，当然，同时也继承了母亲的虚荣、护家以及看似平俗的纯朴。

我高中毕业后就呆在家里，想去父亲的厂里当个拿工资的女工，父亲坚决不同意。借着各种关系他们终于打听到上海F名牌大学有英语进修班，只要交钱就可以走进那座神秘的高等学府。对我们家来说，那是另一个世界。最重要的是里面装满了大有前途的"王子"们。

缝纫机厂这几年分来过两个大学生，很差的学校，但毕竟是大学。人有点窝囊，到了这个小厂，当上技术员后，却立刻焕发了。父亲本有意抢一个回来，但很快就发现自己不够资格。厂长和工会主席两家都有适龄的女儿，女儿们虽长得一般，不如我，但人家的门庭显然高些。他及早认清形势，没有让一场抢女婿的争斗影响他在厂里苦心经营的地位，但心中就此一圈圈地上紧了发条，等待着扬眉吐气的一天。

我带着父母的期盼，甚至是死命令，进了中国一流大学F。英语进修只有一年，掐头去尾，只剩下八个月。我必须在这八个月里抓住一个大有前途的学子做丈夫，难度是很大，但必须成功。我心里非常明白自己肩负着改换门庭，让父亲扬眉吐气，让母亲满足虚荣，让自己摆脱既定命运的重任。

2

我认识杨修平时十八岁，他比我大八岁，当时是F大学研究生会主席。我还记得他第一次来我们宿舍时的样子，穿着一套深蓝的运动衫，里面白色的T恤领子随意竖着，露在蓝黑条纹线衫的圆领上，线衫的领口洗得有点发白。和这里的许多男生不同，他没有戴眼镜。

杨修平是来找我下铺的晓红。晓红也是吴镇杨村的人，几个哥哥都在南边打工，赚了不少钱。晓红是杨村的小才女，很聪明，学习成绩也好。她最棒的是英语，在中学班里总是前几名，可惜还是没有考上大学英语系。成绩刚够大专线，专业当然不好。哥哥们在外面闯多了，大哥还当上了包工头，自然见多识广，就替妹妹选择了前途。学好外国话，走遍天下都不怕。那些办公室里坐着的小姐们不就是会两句英文吗？他们家找到杨奶奶，让杨修平帮着报名，并请他多多关照。

哥哥们对晓红说，你只管在F大学呆着，学一遍不成就两遍，学好为止。妈妈在旁边说，若是再能找个读书的女婿，就好了！别像你哥他们流大汗吃苦。做包工头的大哥有点不以为然，嘀咕了句谁流大汗了,就没再说下去,转头看着全家的宝贝妹妹晓红说,好!让咱妹当个白领。

我对杨修平当然有好感,但那天我穿着红白棉格的睡衣,又没化好妆,就不敢下来,躲在上铺的帐子里偷偷看。我看着打扮好的晓红直生气,她在那里折腾了一个小时,还让我帮着看哪件衣服好。我以为她要出去,心想她那么快就有约会,不太服气,但也安心了,自己毕竟比她漂亮。没想到她约了人来宿舍,门被敲响时,我让她等一等自己要换件衣服,晓红却让我呆在床上帐子里,说一会他就走了。

杨修平给晓红送来一些饭菜票和学习、日用杂物,并说明天来带她去熟悉一下校园。说完他就准备走,晓红却故意找出许多话来问他,他就很认真地答。我一直盯着他看,他的眼睛却从没向上面看过,也不看四周。他坐在凳子上,直着腰背,有点不自在。我就突然觉得这个男人很可亲,那么成熟严肃的样子,却透出了腼腆害羞的神情。看来他不常和女孩在一起,才会在女生宿舍里这么尴尬。我不喜欢那些整天泡在女孩堆里,油腔滑调的小白脸。

3

接下来的日子,我跟着晓红见过杨修平几次,我在心中悄悄测量了一下他各方面的条件,除了年龄略大些,其他都是上乘。虽然自己并没有心跳、害羞、烦燥等女孩恋爱的症状,但我认为自己很喜欢他,他却几乎没有多看过我一眼。

我知道晓红的心思,觉得晓红虽然英文比我强,但长得并没有我可爱,故而还是很有信心。只是杨修平并没有给我机会,他也没有给晓红机会,他很少来我们宿舍。我对他的了解都来自于晓红,她几乎是天天跟我说他,随着晓红的希望、失望、再希望、再失望,我知道了他所有的事。

我们比秦小小更早知道他离婚的事,以及结婚、离婚所有的原因细节。即使因为吴镇杨村的关系,晓红也没有理由知道这些,但她就是能知道。在中国,对于许多人来说,只要想知道谁的事,就能够知道。杨修平和秦小小这种错过又错过,寻找却寻不见的事,对于许多中国人来说真是荒唐。我甚至怀疑他们是否真的彼此想拥有对方。

我们当然也知道秦小小,那时她在海南。我们常常讨论她和杨修平的爱情,讨论她这个人。秦小小在F大学是很出名的,她的故事总是被传来说去,所以想知道她的事并不难。晓红很崇拜她,但当她知道了杨修平与秦小小的故事后,她并没有放弃对他的追求。后来,经过几次被冷淡,特别是当她面对他对她的思念与痛苦后,她因着自尊又因着自卑决心放弃他。

生过一段时间气后,她心里反而无端地盼着他们能成一对,就好像是盼着电视连续剧里男女主人公的大团圆结局。

我和晓红不同,我是个很直接的女人,直接并不是简单,直接令我格外地成熟。我没有晓红的自尊与自卑,或者说不是没有,而是模糊地置之不理,也不想去了解或是理解。那些都是被宠坏的公主们闲来无事弄的,处于自己这样环境下的女孩哪能弄这些东西。

其实,我在心中瞧不上许多人,特别是和我差不多大的女孩,觉得她们根本不知道自己需要什么。对晓红最后的决定,我当然很不以为然,她竟会盼着自己喜欢的人与别的女孩好,简直可笑。但我没有劝她,为着自己打算对此袖手旁观,我觉得这样已经算是很对得起晓红了。

4

秦小小回到F大学后,我悄悄注意观察着她,我也观察杨修平,观察他们两个人。有一天晓红感慨地对我说，若是杨修平和秦小小好了该多棒，他那么喜欢她，小小又漂亮又多才多艺……

近来，晓红对秦小小的兴趣好像比对杨修平的还要多些。我觉得她真是傻，忍不住带点轻蔑地掠了她一眼，说，他们好不了的！晓红吃惊地问，为什么？随即自己难过了一下，又忿忿地说，都怪那个老外，跑来瞎搅。我说，没他也一样。

我确实觉得他们好不了。虽然我也看得出这两个人彼此相爱，只是隔着些误会，但他们就算好了，也根本好不到底。或者说，我是觉得他们没有在一起的需要。否则，杨修平当初怎么会让秦小小走呢？否则，她又怎么会走开，并且有了别的人呢？就是因为没有需要。

晓红把杨修平让给秦小小，纯粹是浪费。秦小小这样的女孩，拥有的东西太多，有没有杨修平并不会改变什么。这不，就有了个柳如海。秦小小喜欢杨修平但却不一定能给他幸福，因为她得到一切都太容易，就不会珍惜，也不懂得把握命运。

而对于我，若是命运能给我一丝机会，我都不会错过。若是上天能把杨修平这样的男人恩赐给我，我一定会珍惜并好好把握。再说，我也确实需要他，非常需要。这个男人可以改变我的命运、我的生活，可以满足父母的期望，等等。

如果说要和晓红争这个人，还觉得有点碍于面子，但在秦小小和自己之间，我认为上天理所当然地该把杨修平给我。

造物主是公平的，他给了一个貌似平凡的女孩实用的聪明与韧劲，我一直悄悄地注意着杨修平，等待上天给我机会。

5

那天，杨修平从秦小小和柳如海身边走开……事实上，他离相拥的他们还有十多步远，但他的感觉就是从他们身边走开，甚至是从他们紧紧的拥抱之间僵硬地穿插过去，远离。

他的心和身体都擦出了血痕，他无法在乎疼痛，只是迈着机械的、稳定的步子远远地离开。夜空在他身后不断地合拢、合拢，虽然已经转过了几幢宿舍楼，但他仍不敢回头，他无法肯定夜色和楼房的钢筋水泥，是否能将他们相拥的影子彻底覆盖、掩埋。他总觉得在他的背后，夜与楼群都会像淡淡的茶色玻璃，不肯遮蔽那两人的身影。

她那么娇小安静地呆在他怀里，仿佛原本就生在那里，好像一棵大树根部生出的另一枝。杨修平被自己的这种感觉击垮了，使他不能走过去从这个男人怀里抢走小小，他站在那里几秒钟后，她抬眼看见他。似乎他立在那里度过漫长的几秒钟就是为了让她看见他，然后向她礼貌地笑一下。

我为什么要笑呢？杨修平觉得那个笑容是别人安在他脸上的，他看着它向小小射出冷箭，无力阻挡。她会受伤吗？他想不会。他看着她匆忙地跑开，把他和他尚未说出口的话撇在那里，等他回过头去看时，正看见她拉着那个男人出门。他坐在那里，觉得四周的人都在看自己。负责学生沙龙的都是他的小哥们，平时他一来，身边总是围起一圈，吆喝说笑个没完，但此刻他们一个也不过来。

他决心等小小回来，哪怕是沙龙关门了，他也要问哥们拿钥匙睡在这里。他相信她会回来，他必须告诉她自己已经可以爱她了。无论她还爱不爱他，他也该把这句话说出来。他背对着吧台，扛着假想出来的嘲笑与猜测，终于在熬过了一段漫无边际的时间后，还是站起来走了。

然后，他就看见她、他、他们。

杨修平一步步走向更深的夜里，一直地走，他不明白她是怎么想的，不明白自己在做什么，不明白一切为何会变成这样。他一直地往前走，不急不缓，渐渐地丢失了那对身影，丢失了她，丢失了自己，丢失了对这份爱的信心，最终累到丢失了心中的不明白。

6

这个晚上我也在学生沙龙，杨修平竟然没有看见我，但我目睹了一切。我跟着他出来，在树的黑影中看着他看她，我的心和他一起被刺痛，但这痛没有像杨修平那样转为茫然，而是转为恨。我恨这个女人竟然伤害他，我自己巴不得付出一切来换他的凝视，而她竟然安安乐乐地呆在另一个男人的怀中弃这目光于不顾。我恨秦小小，秦小小对杨修平的轻视仿佛是对我人生的嘲讽，奇怪的是，我觉得自己比那男人受到了更大的打击。

我几乎是用恶毒的目光带着尽可能有的咒诅，狠狠地瞪了秦小小一眼，然后追随杨修平刺入茫茫的夜色。在夜风中，我像个女英雄般把头一甩，扬了扬短发，决心要占有这个男人。在我心目中他实在太珍贵了，我必须用占有来保护他。那一刻，树在轻微的夜风中蓬勃着，好像我这个十八岁小女人心中的占有欲。母性、情欲、生存的斗志，彼此交融，风助火势，火借风威。

他一直地走，我一直地跟。我没想到他会走这么久、这么远，觉得脚脖子都要断了，但我仍是一步不拉地远远跟着。哪怕他走到天边我也会跟着，这算得了什么呢？我越走越勇、越走越畅快，原先我并不清楚自己的人生该是什么，这么走着却觉得找到了，就是跟着这个男人。

夜色中，杨修平宽实的、蓄满悲伤与无奈的背影，无端地激动着我里面的爱慕与怜惜。如果说起初我注意他、选定他，是完全出于实际条件的考虑，那么此刻，我心中功利的因素与情感已经完全融合了，此刻，我觉得自己是为了爱情。

他终于在一条不知名的小路路沿坐下，把头埋在膝间。两条胳膊分别搁在膝盖上,平行的弧线,仿佛夜空中彗星的轨迹,延伸着直到指尖,并沿着指尖没入黑夜,没入黑夜中坚硬的水泥地。

我走到离他两步远的地方站住,很想喊他,喊醒这个男人,然后当他面大骂秦小小,骂到帮他倒出所有郁积在心中的悲痛。但我不敢,我像面对着一只精细名贵的水晶瓶般,面对着他,面对着命运给我的机会。我在离他一步半远的路沿坐下,其实,我一直忍着不要伸手去抱他,以至于靠他那边的半个身子都麻木了。

凌晨,他把头从膝盖间抬起来,侧头看着我,并无惊奇地说,谢谢。他脸色苍白,本来就很小的眼睛几乎闭着,两道很男性的卧眉代替眼睛,透露着茫然与伤痛。我突然无法自控地扑上去,紧紧抱住他,把两片薄薄的、冰凉的嘴唇贴住他干燥、松软、厚实的嘴唇。我尝到了他嘴里的苦涩,但我没有放开,我尽力地吮吸着这苦涩,但却吸不尽。他没有挣开,仅仅是几秒钟的僵硬,他就整个崩溃了,好像死了一般,让年轻女孩的吻埋葬他。一滴泪从他身体里爬出,离开他的死亡,独自蒸发在朝霞里。

他的死亡向我传递着冰冷,从舌尖到嘴唇到心……我的吻仿佛不是落在一个男人的唇上,而是吻在寒冷的夜空中,落在空洞的寒气上,完全没有承托。吻一直地向着黑暗坠落,失重地坠落,犹如一颗坠下深谷的果核。渴望寻找谷底的土地,生根,长成一棵树,挂满果实。然而,没有谷底。当我的人生向这个男人坠落时,我只能听到黑暗中气流被撕裂的声音,这声音似乎永不会止息。

那一刻,我想到教科书上的一幅图画,圆圆的地球上有的人竖立着,有的人倒着。我觉得自己就像那个倒着的小人,双脚被勾在地球上,我的吻、我的心、我的爱情,都零零碎碎落下去,掉进渺茫无限的宇宙。宇宙黑沉沉的,一道涟漪都没有。

若是秦小小,也许就会悲哀地软弱在这种感觉中,放弃实在的行动。但我不会,我放开修平,向着这一瞬的坏感觉甩了甩短发,就回到现实中了。我看到自己已经迈进了一道门坎,我吻了他,他没有让开。从现在起,我对于这个男人应该有一点权利了……

这样一路想下去,心里越来越晴朗,愉快令我的脾气变得很好。当杨修平独自站起来往前走时,我并没生气,而是用一种欢悦的声音问,你不拉我起来吗?他愣了一下,回头走几步要来拉我,我却自己跳起来,迎上去,一把挽住他的胳膊。他始终没有抬头看我,但我不在乎,高高兴兴地拉着他走。

7

我们走回校园时,天已大亮,南区门外的油条铺子早就热闹起来。我们吃油条吧,我一边说一边已排上了队。他只是跟上来,什么意见都没有,他的胳膊仍被我挽着。油条在油锅里滋滋响着迅速长长发胖,泛出金黄,这实在是一种非常快乐的情景。但杨修平进不去,那个快乐中有小小,她最爱吃油条,他也不止一次地陪她等在油锅旁。

杨修平真的看见了小小,她仍然偎在那个英俊高大的"洋鬼子"怀里,好像从昨晚一直到现在没有离开过,并且似乎一生都会如此。他们仿佛是被晨光拥着走过来,她的脸仰起来看他,从她的笑容上飞起一群群蝴蝶,缤纷的光芒。男人的怀抱由昨晚的激烈冲动变得平静自信,出于一种本能,他感到他们已经做爱了,只有完美的性爱可以平息男女之间的争斗,可以让他们融成一体般的和谐。

他几乎是安静地这么想着,但一步也不能挪动。我付了账,拎着油条,挽着他从他们身边走过。修平的眼睛一直看着我的额头,好像除了我发亮的、散发着不管不顾劲头的额头,他的目光就没有地方可以搁置了。小小在看他,但他无法看她。我承受着他几乎全部的体重,但绝不肯露出吃力的样子,格外亲热地贴靠着他,挑衅地斜眼瞥小小。可惜没有我预期的目光之战,小小只是看着我,她眼中的哀愁令人觉得她不是依在一个男人的怀里,而是坐在一道寂寞的堤上,看着船儿远去。我觉得很愤怒,我每次看着她都会升起怒气,好像也不为什么,但我并不想问自己有没有理由对这人愤愤然。

小小一直扭头看着我们走远,她很吃惊修平身边又会有个女孩吧?爱上她的修平有妻子,这本来就让她不能接受,但她以为这是一种命定的、无法抗拒的爱情。而她为了他的妻子、孩子,努力地离开他,放弃这份感情。当她已经决定并且也在事实上成了另一个男人的女人后,却发现他的身边又有了一个女孩……

她会怎么想呢?但不管她怎么想,我心中单纯地相信这是命运的眷顾。

柳如海始终宽容地看着秦小小,并没有把她的身子和目光扭过去,也没有打扰她的凝视。但他的手臂始终松松地,但坚定地环抱着她,等她终于回转身来时,他若无其事地说,正好新炸出一锅。他声音很明朗,小小也明朗地抬脸对他说,那还不快买,一会没了。他们小孩似的冲向油条摊,小小决心不再想修平,这人与自己无关。

接下来的一个月中,我对杨修平殷勤得越来越亲密,甚至自己都有点担心是否过于急切。幸好他没有反感,没有反应地被动接受着。我不愿,也不敢去想他的心思,我只能在乎顺利的进程,我写信向父母透露了一点,他们兴奋得几乎要来看女婿,当然被我坚决制止。

我知道他并不爱我,但他又无法拒绝我,他是不能也不想拒绝吧。他需要我这个小女孩的爱情,它支撑着他。这一个月来,我看得出他天天都想去找秦小小,告诉她一切,但秦小小和柳如海的关系梗在他心中,他无法原谅她。我想即便她知道他离婚,重又回到他身边,他一时间也无法接受她。我的心越来越安静了,甚至可以,也是只能,不在乎他去想她。

8

　　毕业的日子一天天临近，杨修平和秦小小从此天各一方的日子也一天天临近，杨修平越来越发现自己无法放弃她。

　　下午毕业典礼，杨修平没有看见小小，顿时陷入一种巨大的恐慌。会没开完他就跑回南区，一口气跑到小小宿舍的楼下，窗子关着，静静的，里面的人还在吗？他犹豫了很久，终于还是一步步上了楼，敲门，里面没有人。他几乎想就地坐下，但这是女生宿舍楼。好不容易回到自己宿舍，一头倒在床上。他不知道她怎么能就这样消失，他觉得自己会恨她，因为她这样做会让他永远忘不了她。

　　一个多小时后，大家都冲回来了。平日或亲或疏或仇的同学此刻都成了铁哥们，勾肩搭背地吆喝着去喝酒。杨修平也被从床上拉起来，他说自己不舒服，头确实有点烫，但谁也没理会他。他被裹挟着去校外的小酒馆，天上的太阳还白着，饭店里已经挤满了毕业庆贺的同学。

　　杨修平并没有毕业的兴奋，二十七岁的他毕业多次了，也知道毕业后并没有什么新的人生，一切都只是继续。然而，这继续中却不再有她。过去没有她可以，以后没有她却像是什么都没有了。他一个劲地把酒倒进自己心里，却怎么也不醉。身边的哥们纷纷醉了，大老刘一个劲地说胖儿子，总算可以回陕西抱儿子了，小宝就笑他是想抱老婆。大老刘说，是又怎么样？这种读书根本就不人道，要是读到博士，人都能憋成太监。

　　天还没黑尽，大家就结了账出来，哄哄嚷嚷地去学生舞厅。南区的舞厅很有名，附近大学的女生都喜欢来跳舞，或者说是存着来认识名牌大学男生的念头，因为这些女生的流向，别校自认为出色些的男生也就往这涌。学生会订了个土政策，对男生要查学生证，女生却一律放行。

淡淡的夜色中，打扮好的女孩子们三三两两地游过他们身边，脂香飘飘。刚才还意气风发要冲出校园大干一场的男人们，此刻已柔软下来，无限缠绵地留恋这淡淡的夜色和夜色中的姑娘。唉——有个人叹了口气说，江南是个温柔乡，F大学南区的舞厅真是温柔乡中的天堂。

杨修平也被拉着进了舞厅，他总是在门口维持秩序，很少进来。朋友们纷纷向女孩子冲去，平日不太自信的人今天也充满了勇气，这是他们在"天堂"跳的最后一场舞。他站在边上，靠着一张墙边闲置的桌子，看昏暗迷蒙的灯光下，急急忙忙，换来换去的舞伴们。有的男生连着遭拒却仍勇气不减；有的女孩看着身边的女友一个个被请走，勉力保持着矜持。当他看向舞池中心时，他看见了小小，他很吃惊地看着她，仿佛不敢相信她就这么简单地出现在面前。

9

她总在音乐还未响时就被男生邀请，踩着舞曲最初的柔嫩滑入灯光。小小有点挑人，她不抬头心神黯然的样子，仅是凭直觉就挑好了她的舞伴。柳如海不在她身边，她的舞伴总是每曲都换。他看了她许久，然后，走过去。舞曲已经响了，不知为何他并没有加快步子，好像已经跟她约好了似的。有几个人分别来邀请她，她乏力地靠在一根柱子上，只是摇头。

秦小小突然觉得很无聊，她为什么要来跳舞呢？今天是她说不要柳如海来，他说好，并开玩笑地说，该让她最后享受一下自由。她不断地换着舞伴，与柳如海相比他们都显得黯淡、没有特色，她任他们像暗夜中的水流般流过去。她觉得疲倦但却不想离开，她在等什么？等杨修平吗？她今天没去毕业典礼就是要告诉自己一切都已决定，不必最后再见一面了。

面前的人群和灯光被一个宽宽的身影挡住，世界在这一瞬似乎缩小到仅一个怀抱那么大，她觉得眼泪很自然地流出来，但事实上她没有哭，也没有抬头看他。她把手扶在他肩上，随着他一步步进入，仿佛是进入夜空而不是进入舞池，身边没有音乐，没有人，只有寂静和悬泊的星星。

我离婚了。修平说。

小小一言不发，修平便无法继续说下去。他们就默默地在星空中漫步，你进我退，你退我进，前前后后，左左右右。走来走去不过是数尺之地，并不知要去哪里。小小的头伏在他的肩上，但她听不清他的心跳，她与他隔离着，"我离婚了"这句话什么都改变不了。

他们离开舞厅，走出南区，走在自己的世界里，没有人惊动他们。柳如海看着他们的背影，但没有走过去，他只是有点担心小小穿得太单薄。

修平和小小并排走着，他们彼此都很想让自己的五指插进对方的指缝，让掌心贴着掌心，但他们的手始终孤单地在夜色中迟疑着。一直走到图书馆侧面的草坪，草地干燥，露水还没降下来。他们坐下，距离比站着时更分开些，手各自按在地上，滚烫的掌心竭力地吸着地下的凉气。

10

我一直跟着他们。我不喜欢跳舞，我去舞厅只是为了找修平。但我走进舞厅时正看见他向小小走去，我与他们的距离很远，不可能去拦住他。等看着他们一起跳舞后，最初的气愤与冲动平息下来，我知道自己没有权利去拦阻。我的脑子飞速地转动着，设想他们会说什么，会做什么，自己又该如何反应。但事实上我只能旁观、等待。

我跟着他们走出来时,看见柳如海,心中一喜,以为他会叫住小小,但他没有。这个大山般高大英俊的男人真是讨厌,什么都不做,并且就这么回头走开,把一切留给我一个人承担。

我坐在离他们较远的一处灌木旁,身子和脸完全没在黑影中。我想自己盯住他们的眼睛一定在黑夜里大而发亮,真恨不得自己有法术一指点过去,让秦小小蒸发。我不停地想象着前面的两个身影拢向一处,想象着他们的头靠到一起,并接吻。我几次因这想象而几乎要冲过去,忍不住不停地问自己,如果他们接吻我能冲过去吗?我知道那会造成修平对我的不满,聪明的做法是以不变应万变,等待时机,毕竟接吻又不是结婚。自己不是也吻过他了吗?那又怎么样?但我不知道自己会不会失控,如果……我一遍遍地设想着,幸好他们什么都没做。

晨光初现时,我心情平静地首先离开了。最后回头看了那两个傻子一眼,心里嘲笑那个女人在感情上的无能。不用担心什么,杨修平一定会是我的。

那个晚上,杨修平和小小聊了一些,又似乎没说什么,因为他们各自在心里都决心要不顾一切地拥有并属于对方,于是就觉得不必说什么了。他们约好第二天坐夜班火车去南京,秦小小是回家,杨修平送她并去南京一家报社联系工作,然后再回来处理行李。他们以为一切都会在南京重新开始,第二天的夜车会带着他们远远离开,离开这里的感情纠葛与失败。

11

傍晚,我去杨修平宿舍,见他在收拾东西,很开心的样子。我从来没有见过他愉快喜乐的神情,不由地愣在门口看着,那一刻我心中生出强烈的嫉恨,嫉恨这个男人的喜乐完全与自己无关。

你要去哪?

去一趟南京。他回头看我,完全没有注意到我隐忍的愤怒。

一个人吗?我仍站在那里,并不走进屋子,口气像是在质问。

杨修平的眉头皱了皱,他不想回答我,他觉得我这个小女孩今天显得有点无理吧,但他不想破坏今天愉快的心情,还是笑了笑,问我,有事找我吗?

我看见了他脸上闪过的不快,立刻醒悟过来,换了平时柔和撒娇的口气说,正好我也要回家,和你一趟车吧。

他马上说不行。他说得很坚决,很严肃,甚至带着不耐烦的样子摇了摇头。若是别的女孩,在他这种毫无怜香惜玉的神情面前,早就气恼地转身跑了,但我却不在乎。我已经习惯了他的冷淡,并从这个男人的冷淡中看出他心里的柔软。他没有马上说自己是和别的女孩一起走,没有说一些让我难堪的话来赶走我,这不就是不想伤害我吗?他转回身来再看我时,虽然紧锁着眉,一脸拒绝的冷酷,但眼神里竟是有份乞求。

我并没有因他眼神中的乞求而心软,反而对抓住这个男人更添了信心,并且他这种本质上的善良与温柔,令我更想要他做丈夫。我低下头,不去看他,避开他眼睛里的话,只是坚持着要跟他一起走。我说家里突然有事要我回去,女孩子一个人坐夜车当然不好,刚才来就是想请他帮忙想个办法,这不正好吗?他再说不行时,我就干脆不吱声了,抬起一双楚楚可怜的眼睛看着他。

最后,他只好说自己是要和秦小小一起回去,他这样说的时候很犹豫,虽然他不爱我,但显然还是感激我对他的爱情,他不想伤害我。他说这句话时的口气,似乎预备着我大哭大闹,其实他早就想对我说到小小,只是不忍心让我哭吧,在他眼里我只是个单纯的小姑娘。我和他都知道秦小小的性格,知道这次回南京的意义,他不想有丝毫变故,但我一定要让这事有变故。我觉得自己到了人生关键的十字路口，我不想依靠命运的垂顾，我要依靠自己。

是那个大个子老外的女朋友吗？我故意装作完全不知道她和他的事，眼睛若有若无地闪着丝嘲讽。

杨修平虽然知道我是故意的，但我这句话还是像一盆冰凉的水扑在他热气腾腾的心上。他向我发火道，这与你无关！你要回家自己乘明早的火车回去。

他想说，你跟着我干嘛？简直莫名其妙令人讨厌，我根本不喜欢你，你再跟着也没有这个可能。但他不忍心这么说，站在他面前的毕竟是个小他八岁的女孩，并且这女孩那么执着地喜欢着他，而他自己也曾为了一种心理的平衡，默许过甚至依赖过她的爱情。

他心里的这一切我都听见了，我一声不吭地坚持着，心里其实已经开始哭泣，但我知道自己并没有退路，没有做小公主的奢侈。

12

晚饭后，秦小小挎着一个大手袋来了，杨修平脸上的喜悦已不见踪影。你真的别跟我们一起去吧，行吗？不太合适。他的声音透着疲乏与无力，我一声不吭地站在旁边，不是不心痛他，不是不明白他心里的为难，但我必须狠下心来，因为我知道这是一个关键的时刻。

秦小小穿了身天蓝细格的连衣裙，长发在头顶用蓝白相间的带子束着垂散下来，露出明快亮丽的脸和脖颈。穿着白皮鞋的脚轻盈得像是在跳舞，若不是竭力控制，歌声就会溢出她的身体。她推开门，喊了一声，修平。声音清甜快乐得像是在唱歌。但杨修平听着却像是挨了一枪，他甚至不想回头，不想面对她明亮快乐的脸，因为他知道这张脸立刻会消失。小小见他勉强地、毫无喜乐地转身望着她，觉得很不理解，笑容里就升起些不满的委屈，好像刚才的快乐让她丢了脸。

然后，她看见我，就止住步子，站在门口用询问的眼神望着修平。修平回头看了我一眼，见我只是远远地站在一边，不说话，表情怯生生地却透着固执，只得在心里叹了口气，走到小小身边悄声说，她正好要回家，想跟我们一起走。

小小看着他，简直无法相信会有这种事。从昨晚他们决定一起坐夜车回南京以后，她就一直沉浸于幸福的幻想。想象着各种细节，她可以让他握住她的手，她可以一直看着他，也让他看着。就像当初他们刚认识时一样，经过了那么多的波波折折，他们终于可以回到起初。她甚至悄悄地盼望着这趟夜车永远这么开下去，他们会选择坐夜间的这趟慢车，正是因为悄然地怀着这份浪漫甜蜜的期待。然而，他现在要带另一个女孩同行。

秦小小也是个女孩，她一眼就知道我心中的想法，甚至也不难猜到我将会有的做法。我当然会借着困倦把头靠在修平的肩上，他会坚决不允许吗？他不会。他是一个很难向女人说不的男人。那么他会怎样呢？大约只会低着头，或是抬头看小小一眼，请她理解吧？

那么小小会这样来和我争修平吗？她不会！我知道她觉得我不配和她争男人，我不在乎她怎么想，我要的是结果，其实我在心里把秦小小这种女孩的脆弱看得清清楚楚。

果然，她淡淡地说了声，那你们走吧，我明天再回去。转身走出门去。

杨修平跟上去，拉住她说，别这样，她只是和我们同车回家。小小，他这样喊她。小小看着他，不知该如何对他说，她只是垂下眼帘转身走开。她能感觉到他盯在自己背后的目光，刚才虽然是在暗中，他眼神里的祈求、无奈，她还是看得很清楚。也许该由她来叫这个小女孩走开，也许她该向修平生气大闹，也许她最不该的就是这样不说什么地走开。但她里面的骄傲，她的修养，都不可能允许她做那些该做的事。她不回头地走着，一步步地离开这个男人，我知道她很想回身跑过来扑在他怀里，但她不能，她不能允许自己和我这样平凡的女孩争男人。她走着，她知道他一直站在背后，她恨他为什么不跑过来一把抱住自己……

我从容地站在那里，看着这一切。一个人要这种虚的骄傲，当然就必得为此付上些实的代价。

13

秦小小那天还是坐夜车回了南京，送她的人是柳如海。我们四人在候车室遇上了，本来她只是让他送到车站，他却去买了两张票。回来对大家说是不放心小小一个人坐夜车，再说，他也想去南京古都玩玩。修平的脸立时苍白，秦小小的也是，但她当着杨修平和我的面，只是笑了笑对柳如海说，那就谢谢了。接着等车的时候，秦小小格外地兴奋起来，一直在向柳如海介绍南京风光，我看修平几乎是撑不下去了，便借故拉着他离开了他们。

一路上，杨修平和秦小小在火车不同的车厢里，想象着对方与另一个人的亲密。但事实上，因为他们极为糟糕的情绪，我和柳如海都在不约而同地闭目睡觉，以便避开那似乎会一触即发的怒气。我完全知道这怒气的来源，心里自然十分的轻松开心。柳如海全然不知，他只是很高兴能陪在小小的身边。

在南京火车站出口，小小又看见修平了，他快步地走出车站，她很想追上去向他说些什么，至少是要告诉他自己的地址，但却没有。

一周后，小小心中女孩子的骄傲仍是敌不过爱情，又赶回上海。她走进南区时看见了修平，我仍在他的身边，她一时不知该不该喊他。我看见她，一把拉起修平的胳膊说笑着。小小看着我们走远，她以为他也看见了她。

那天晚上她看着杨修平宿舍的窗子，它是明亮的，似乎在召唤她。等她再三犹豫终于向那边迈步时，却看见了我的身影。明天吧，明天。

她离开了那扇窗户。

第二天，她却面对着一扇黑洞洞的窗子。那夜下起了小雨，她却一直站在雨中，揪心地望着那窗里的黑暗，问，修平，你在哪里？今生还会再见吗？小小并不知道，昨夜，修平就站在那窗子里面，望着窗外的黑暗，以同样的心情问着同样的话。

我知道这一切，但他们却彼此不知，这令我有种优越感。

第五块砖

1

杨修平从出租车里探出头,喊我上车。他坐在副驾驶座上,我就一个人坐进后座。他和司机说了个去处,我没注意,也不想在意。当我跨入这辆出租车时,心里已经放弃了自己的意志,听凭命运。当人说听凭命运时,有时只是将不能承担的良心审判推给一个虚设的概念。我不能面对,却又无法回避,自己正在被里面的情欲所牵引。看着窗外漆黑中星星点点昏黄的灯光,躲避着良心中的不安,不愿承担自己出于私欲的选择。

他没有回头向我解释去哪,我也不觉得需要问。将身子深深地踏实地靠在椅背中,看着修平的后脑和双肩。每当和这个人在一起时,我都会被一种柔情侵蚀,被解除武装,被融消意志,像一只无帆无桨的小船,随波逐流,在一份对风暴的恐惧中暂且偷安。

出租车驶出了城,在宁沪高速公路上飞驰。夜色被我们进入,又在我们身后弥合。

2

我喜欢在行驶中。记得自己不止一次对柳如海说这句话。

十多年了,柳如海和我一起,在各种的"行驶"中,火车,轮船,飞机,大巴,中巴,小巴,出租车,私家车,自行车……是的。柳如海会骑自行车。他第一次载着我去南京路看通宵场电影时,我不再把他当"老外"。自行车在他的胯下如一匹与他合二为一的战马,很有灵性,甚至有感情。他比一个土生土长的中国人骑得还要熟练,也更爱骑自行车。

我不太爱骑车,我说自己更爱坐在自行车上。柳如海就说,那容易,我可以骑车带着你跑遍整个中国。听了这话我就大笑,觉得可以相信他,当他载着我从学校到五角场,到外滩,到南京路,到淮海路时,我觉得他可以就这么载着我去任何一个地方。

柳如海的精力与他的爱一样,仿佛是无穷尽的,可以让我随意地支取,而绝对不需要留存些以备后用。我对他是依赖并完全地信任,以至于几乎不能感觉到自己对他的信赖。有人说,结婚十年,丈夫与妻子就好像左手摸到右手一样自然而无知觉。

此刻,我却想着丈夫柳如海,想着我俩每一次的"行驶",他现在在哪呢?做什么?我看了一下手机,夜十一时,汽车已经出城一个多小时了。现在丈夫那里是早上九点,他正要出门上班。他临离开卧室时会看一眼床上,现在那儿没有一张半梦半醒的嘴唇等着他亲吻,他会想到我,会有些失落,但他不会因此而坐下来打电话。丈夫柳如海是热烈的却也是规律的,包括每天早上出门前的亲吻和回家后的拥抱。

我很希望这时手机能响,大声地响起来,希望丈夫因着一种感应打电话来,我就像一个被困在梦中,醒不过来的人一样,盼望被叫醒。

车继续向更浓的夜中滑入。

3

　　我越来越不敢看他椅背上露出的双肩,哪怕只是想到他,我觉得自己都会被更深地催眠,更深地坠入梦境,甚至坠入无知觉的黑暗中。我把滚烫的脸颊贴在车窗玻璃上,似乎期待着夜的寒冷能惊醒自己。窗外却什么都没有,一片漆黑,连零星的灯光也逃逸了。

　　我无奈地感到,此刻,我的世界中只有那双不敢去看的肩膀。修平借着它们散发出来的体温与呼吸,浓浓地缠裹着我,一浪一浪地迫压着我,让我几乎要流出泪来。这是不应该的,实在是不应该的!我想用各种恶毒的、轻蔑的词句骂自己,但一个字都想不出来,心中只剩下三个简单的字:我爱他。当我面对这三个字时,我觉得自己像一朵花般凋谢了,一瓣一瓣,飘下来,落进污浊的水中,化在泥里。

4

　　近两点时,汽车驶上一条乡村小路。我看着这条熟悉又陌生的路,新铺过的路面在月光下面色苍白地对着我们。这是通往杨村的路。两边有了一些小店铺,我的眼睛在黑黑的路沿上寻找着,似乎在寻找当年被自己踢到路边去的石子。

　　隐约能看到村口大树时,修平让司机停车,他和我下车后,站在路边,看着出租车掉个头,开走,远远地离开,最后车影和声音都消失了。月光重新漫过来,填满裂痕,把我们像小花小虫般覆盖。修平往杨村的方向走,走了两步后,把一只手向后面伸出。他没有回头也没有说话,只是等到手掌中有了另一只手后,就握住,牢牢地握着,然后继续向前走去。

　　我们手拉着手,在稀薄柔软的夜色中,好像两条并行游在夜海里的鱼。一种轻松的喜悦，仿佛镜中的月，水中的花，令这一刻脱离了思维、背景，甚至脱离了存在。谁都没有说话，记忆如星光下的蝉鸣，在路两旁的夜色中或执着地鼓噪，或幽怨地呢喃，或一闪即灭……

当我们经过村口的大榕树时，各自在心中想到，无论将来如何，这喜悦是美丽的，是可以让它存在心中，长长久久的。

5

这是冬天，林子里的树都落尽了叶子，枝枝权权地被月光投在地上，好像美丽的布纹，一瞬间又像极了老人脸上密布的皱褶。在那棵被闪电劈倒的断树不远处，有一座杂草丛生的坟，只有坟上的石碑干净地裸着，好像一道脱离时光与情感的预言。

她说得对！我们不会结婚的，这就是命吧。

我觉得喜悦和力量都突然消失了，属于虚幻还是属于真实并无区别，同样地在瞬间离开了我。我没有再往前走，坐在那棵断树上。有个瘦硬的肩骨好像离开了长眠在地下的身体，醒过来，移到身旁，在断树的另一端沉默着。我知道那是谁，我不想转头面对她，不想和她说话。

已经有很长时间了，我拒绝和那个我说话，如果她是我百年后的灵魂，就不该来打扰我在世的生活，难道我不可以用醉生梦死来处理活着的这段日子吗？如果她是此刻的我，就更不该溜出我的身体，像个旁观者似的评头论足。我的一切她不都有分吗？

当然，灵魂是不死的，没有时间的概念，那就让她坐在旁边吧。

杨修平继续走近坟去，去拔坟头的野草。他拔得很快，一边拔一边对身后坐着的我说，你写给她的地址，她在临去的时候给了我。

6

一九九五年，我二十九岁，杨修平三十二岁。在这之前我们彼此寻找过，但更多的是期待一种偶然的相遇。六年前，我们相约要在我二十九岁时，像两个陌生人般重新相遇、相爱，并迅速在同年结婚。为什么是这个日子呢？也许是女人不该越过三十岁这个微妙的界限吧！

如果说三十岁以前你应该尽力安排命运，那么三十岁以后就该尽力让命运安排你了。那以后，就该走向"认命"。然而，命运并没有给我们这两个异想天开的男女这种机会。三月是他的生日，五月是我的生日，两人各自过完生日后，又过了两个月，我答应了柳如海的求婚。

这五六年中柳如海一直在求婚，渐渐地求婚好像成了他每逢节日的习惯。我总是说，现在这样不是挺好吗？我们就像一对小夫妻般在一起过日子，彼此知道对方睡醒时的样子。在圆明园旁边租了间农民的房子，有个小小的菜园，种着会开黄花的丝瓜。

柳如海比我更适合这种生活，他熟悉哪家小铺烙饼好吃，哪家的炸鸡酥脆。除了在北大教课外，他每天都在园子里侍弄各种菜蔬，早晚两次接送坐公交车上下班的我。但柳如海渴望结婚。我有时对他说，你一个老外怎么比中国人还在乎那张纸呢？西方的现代文明在你身上一点影儿都没有。柳如海不说话，也不争辩，只是傻笑一下，说自己是最标准的中国人。

在他心中，爱，亘古都是一样。没有现代和传统之分，也没有东方西方之分，不是一种文化，而是生命的本能。爱，就想和所爱的在一起，并且一同进入彼此委身的承诺——婚姻。他渴望和心爱的女人一同说那段誓言，然后在那美丽的誓言中一同渐渐老去……他不认为婚姻是爱情的坟墓，他相信婚姻是爱情的完美。

他只对我说过一次，就没有再说，他觉得无权指责我，其实也是想回避我心中爱情的不完全。他愿意等待，或者说他不是愿意，而只是离不开我，离不开自己已经全然投入的爱情。

7

那天傍晚，柳如海从园里摘下两根刚长成的丝瓜，欣悦地观赏抚摸后，把它们做成了丝瓜蛋汤。然后骑车出去，拐到一家新开的山西烧饼铺买了八个山西芝麻烧饼，又去称两斤炸鸡腿。等在滋滋响的高压炸锅旁，他看了看手表，想着我。柳如海不知道自己为什么那么喜欢我，但当他第一次在南区的路灯下抱住我时，当我想挣开他的手臂，他却不肯放开时，他知道自己一生都舍不得放开我。

那时他不知道杨修平在等我，后来我告诉他时，他说如果当时我直接说杨修平在等我，他会让我走的。他又说，他庆幸我没有说。如果说了呢？但对于真实的人生，永远没有如果。

……

喂，你的炸鸡好了。

柳如海接过包好的塑料袋挂在右边的车把上，左边挂着一包烧饼，只有后车架还空着。等他的小小坐上他自行车的后架，他就可以享受到一种完美的幸福。这就是生活，这就是他的家。

柳如海蹬着他的28寸载重型永久牌自行车，好像是载着他的家、他的人生、他的幸福，穿行于北大东门外的小路。左侧是校园的红墙，右侧拥挤着杂乱的成片的四合院，孩子、老人和女人的声音，还有各种的香味，还有下班不急着进家门，在小杂货铺前闲聊的老爷们……他觉得自己实在是太喜欢中国了，甚至有时心里悄悄地疑惑，是不是把对这个东方神秘古国的倾慕，投射到了秦小小这个女子的身上。

那个傍晚，小路边杂乱民居中的一切也异样地感动了我，一种温暖的冲动，一波波地涌过心头。坐在自行车后架上的我突然抱住柳如海的腰，把脸埋在他的衣服里，贴近着他结实宽阔的后背说，我们结婚吧！

当晚，我们吃着山西烧饼和炸鸡，并喝了两杯红葡萄酒，然后做爱。

我枕着他的粗手臂，望着窗外的星星说，如海，如果我到现在还是不能爱你像你爱我那么多，怎么办？你还想和我结婚吗？

当然！就算你只有一分爱我，但我有九分爱你，我们的爱还是十全十美的，并且我相信会让你越来越爱我。不要担心！柳如海把被我枕着的手臂弯过来，用大手摸着我的头，很肯定地说。

我安静地任睡意渐渐漫过，模糊地想到修平从来没有过这种肯定的语气。他现在在哪里呢？快六年了吧？我觉得今晚不该想到这个人，也许今后再也不该想到他了……

第六块砖（碎砖）

1

奶奶是一九九五年死的，那年的夏天特别热。

我拔完奶奶坟头的杂草后走过来，坐在同一棵断树上，但与小小隔着些距离，并没有靠得太近。这一些距离被月光填着，仿佛又遥远了些，使得我们的回忆各自平缓地流动，虽时而有交错的一望，但更多时只是平行着。

……

2

那年的夏天真的很热，进了九月还是闷热异常。

我想着柳如海满头大汗的样子，刷墙、铺地板革，等等，从我答应结婚的第二天起，柳如海就开始忙了。我怕热，总是端了杯凉茶看他忙，心里对自己忐忑着，为何没这份热情？老外John特别容易流汗，但他也特别不在乎流汗，甚至是享受他的大汗淋漓……

那年国庆我结婚了。

不明白自己怎么顺口说出这句话，侧头看修平，在他右侧脸颊与颈项的交接处有一道状如蜘蛛的疤痕。我从来没有见过它，月光将这道冷了的伤疤呈现出来,我的心猛然揪紧。

3

那个日子让我心中一冷,我一时只能僵在那儿,独自看着前面幽黑的深处。当小小的眼光停在那道伤疤上时,我有点后悔刚才没转过头去。

那天我出了车祸。深夜,在宁沪高速公路上。奶奶病重,我赶回去看他。

我对着月色中稀落的林子沉默了许久。

身边的司机死了……我不知道那晚是你新婚。你们在做爱吧?

4

没有,那晚没有。

那天晚上,就是我和John的新婚之夜,床莫名其妙地断塌了。那是母亲特地买的新床,铁管,木片板。质量不算很好,但也不该就这么坏了。一条床腿的焊接处断了,床板的两条木片也同时断裂。当我俩被突然摔在地上时,我的心慌乱地跳起来。

那晚的意义其实不在做爱,但新婚之夜应该是我真正成为他女人的一刻,但床塌了,好像有什么在阻拦我完全地投入他,与他合为一体。那份阻拦,在我以外?在我之内?

柳如海并不觉得这是什么坏兆头,但不管他如何安慰我,我还是远远地缩在角落的沙发里,不想让他碰我了。他倒了杯水放在我身边,然后就把被子铺在地上呼呼睡着,他太累了。

我看着他的睡姿,觉得自己很卑鄙。我以受惊的样子隐藏了心中的不贞。我起来关了灯,看着窗外星空般宁静的城市,我没敢想到修平，我只是看着窗外，忍受着心里莫名的慌乱。

月亮和今天一样。

5

离开学校后直到一九九五年，我都在经商，全国各地乱跑，见过无数的人，去过无数个城市，但再也没有遇到过小小，甚至没有遇到过任何一个她的朋友。有几次找到一点关于她不确切的消息，等我到那个城市时，她又已经走了。渐渐地，我忘了这是彼此共同的选择，而认为她是故意消失，一次又一次。当我毫无目标地四处寻找时，却不知道小小的联系地址正静静地躺在奶奶的枕头下。

奶奶是八月中暑病倒的，入秋后略有些好转，但还是常卧在床上。我去看过她一次，那么多年一直跟着我的王瑛也去了。我很不愿意带她去见奶奶，但那次我妥协了。我怕与奶奶单独面对，我不觉得自己可以恨她，但我们之间梗着些我无法忘怀的事物。

王瑛被李母引出去后，我也想跟着出去，奶奶叫住了我。

你要和她结婚吗？奶奶问。为什么你不喜欢紫烟？她还是一个人。奶奶固执地看着我。

奶奶，她已经去国外留学了。

如果你愿意娶她，她马上就会回来，李家就她这一个独生女……

奶奶，我提高声音打断她。我不想再谈这事。爱谁、娶谁，不是那么简单的愿意不愿意，或者应该不应该……我突然停住，一阵酸楚猛地涌上来，令我不敢再说一个字。我怕会在老人面前哭出来，三十多岁的男人是无权随意放纵感情的。

你一定要娶你爱的吗？你现在爱这个女孩？奶奶把头在枕上偏转来，用下巴示意着门外。

我转头看她，眼中的寂寞似乎令老人的心惊了一下，她的脸突然像春融的冰雪般化开，想要对我说什么，但我不能听，我不能在此刻听她说到过去的事，特别是秦小小的名字。这些年来，我一遍遍对自己说，可以没有她，事实上我也想不出必须爱她的理由，但……

我匆匆地说了声，再来看你。就头也不回地走了。老人喊我回去，但我逃跑似的跑出了院子。那时我并不知道奶奶枕头下，有一张叠着的纸，那是一扇虚掩着的命运之门。

6

以后的一个多月中奶奶几次托人带信给我，让我回去。听说紫烟也从美国回来了，我因为忙，一直拖着没回杨村。直到奶奶病危，我在十月一日的夜里往杨村赶，我坐在副驾驶座上，努力想睡一下，心却异样地跳得飞快。感觉一种失去的恐慌。我怕是奶奶有危险，催司机快点开。

夜里的高速路上车不多，只有偶尔驶过的运货大卡车。那时我并不知道秦小小正在我飞速离开的城市——南京的父母家结婚。

车祸仅在一秒中内发生，持续了一分多钟后结束。

一辆运货车把小车撞向护壁，弹回来时掉在货车散落的钢管上，像穿上溜冰鞋的醉汉。然后，被后面驶来的另一辆货车送上天空，划过一道优美的弧线后，撞破另一边的护板，钢条弹入早已失去形状的小车，把它挂在空中。

我在车祸的整个过程中，脑子一片空白，在失去知觉前，小小的面容格外清晰地闪了一下，但我来不及想到任何的话。

一个月后，我奇迹般地醒来，医生向我列数了一长串身体内部的破损，总的来说是折断了数根骨头并几个刺穿的洞。我只是听着，好像这是另一个人身上的事。然后，我被告知司机老陈死了，而我活着纯属侥幸。我从来都不认为死很可怕，但那一刻我觉得死很可怕，因为我还没有找到小小，甚至还没有真正去找。

那次车祸让我明白自己对她的感情，其实爱一个人是可以很简单的，我就是渴望能握住她的小手，在这世上走来走去。如果没有她的手在我手中，这走来走去就成了人生的漂泊；如果有她，就成了欣赏美景的人生享受。许多重要的事，在面临死亡的那一刻，都不重要了。一生余下的日子还有多少呢？我想和她在一起！

我还不能下床就被送到杨村奶奶的身边，她已经不能说话，只是用眼睛看着我，用劲地看着，然后，就去了。在她的枕头下发现了小小的地址。她是等着把这张纸给我，还是直到死都要守着它？我不知道，我一时想不清楚她临终的眼神，更想不通小小怎么会把地址留给奶奶，而奶奶竟自己为我决定了六年的命运，甚至不是六年，而是一生。

我继续在医院躺着，每天接受各种检查和恢复课程。王瑛每天都来，她的父母也来，还带来各种亲戚朋友。我无力反抗，任凭她拿我展览着。高中生的她及她的工人父母并不掩饰他们的世俗，他们好像投资中的大赢家，来收取理应得到的暴利。

我不认为自己有什么价值，但我知道说服不了他们。六年前，十八岁的王瑛认识了我，就认定我，并不在乎我爱不爱她，一直勇敢地跟着我，赶跑了任何一个喜欢我的女人。在与我有了性关系后，她就更理所当然地跟着。我觉得她和她的父母并不认为我必须爱她，只是要我这个男人娶她。

每晚，我都会悄悄看一眼那张纸，那行字，熟悉的笔迹仿佛能对我说话，但却一言不发，不给我任何鼓励，也不拒绝。还有一个月就是元旦。这是一个可以给久未联系的人寄张明信片的最适合的日子，我等着这个日子。

7

等杨修平的信终于在他认为最适合的日子里,彬彬有礼地走到我父母家的邮箱时,我却正在太平洋的上空。

8

我从断树上站起来,小小也站起来。我拉起她的手,将她手握在手中的那一刻,心中涌起的满足让我几乎忘了别的。我不知道这一生中能有多少时间是可以握住这只温暖小手的。

我拉着她向山下走,没有直接下山,而是随意绕着。大约这里刚下过雨,有一段路满是积洼的泥水坑。我握了一下小小的手,让她停住,然后走到她前面蹲下来,说,我背你。小小什么都没说,只是顺从地伏上来。小小伏在我的背上,用手臂搂住了我的肩,一切都很自然,但我俩却都突然发现,我们的身体从没有这么亲密地接触过。

我们不约而同地沉默了,隐伏在夜色中的声音浮涨起来,不知名的昆虫响亮地交谈,月亮自言自语。这种情形是危险的,哑口的灵魂似乎会在下一秒,将隐秘大声地嚷出。

我感受着小小身体实实在在的重量,渴望永远记住它。但真的能记住吗?小小留在我心中的一切,常常都在反反复复的思念后,变得不真实,一缕一缕地悄悄散去。这十多年来,我总是后悔收集的她太少太少,消耗得却太快,很怕留不下什么陪自己到老。

人的心注定是孤独的,因为记忆好像是团握不住的香气。

9

　　脸颊贴在他一侧的太阳穴上，目光垂落在他胸前，我想着他身体中一道道的伤痕，那些重新长好的断裂。我无法进入它们，无法体会并参与它们的破碎与愈合，无法共受那种疼痛。以前不能，以后也不能……

　　我感到自己始终被命运隔在他的生活之外，不能进入他任何疼痛的喘息，不能分担，甚至不能听闻。而他却是我心中最牵挂的人。

　　泪，从心中流出，经过眼眶，滴落，沿着他的耳际蜿蜒下去。有一滴流到了他的唇边，我看着他用舌尖悄悄将它接入他的里面。

　　修平的脚早就走完了那段泥泞的积洼，山下奶奶的屋子已隐约可见，但他还是没有把我放下。当我们走到林子边缘时，我从他身上滑下来，他却转过身，一把抱住了我，紧得好像要把我嵌入他的身体中去，好像是要让我的每根骨头都扎入他里面已经封闭的创口。

　　我一动不动地忍受着挤压的疼痛，甚至听到了骨节的响声，但我宁愿碎在他怀里，不愿分开。可惜一声低低的呻吟滑出了我的唇，他立刻松开了我。

　　对不起小小，弄痛你了。

　　我们一前一后地出了林子。被他放开的身子，分外地寂寞、虚空，好像已经枯了的秋叶残留在冬枝上，孤零零的一两枚，等着风把它吹落。

10

　　奶奶的屋子很干净，不像一幢许多年没人住的屋子。

　　紫烟父母有时周末会来。我给村头的王寡妇一些钱，她定期来收拾这里。我说。

又没人住。小小这样说,但我知道她心里明白,她只是希望表现得正常些,随便些。

我也就尽量正常地回答她,这里才是我真正的家,虽然没有人……但我还是希望有这么个老家。

我让她坐在厅里,自己去院中央的井台打水。

11

我跟了出去,站在前廊的阴影中看他。月色照着这个普通的农家小院,一个女人望着一个男人向前弯下的宽厚的肩背。这一刻是虚幻的,并借着虚幻而纯粹着,又借着这虚假的纯粹诱惑人陷于混杂。一阵迷惑,我赶紧离开了那种凝视。

我们烧了水,坐在八仙桌的两边喝茶。只是饮茶,并不说话,仿佛是怕心中的话从嘴里溜出来。天色总也不亮,冬天的夜无边无际地漫延着,罩住我们,不允许我们逃遁。

我说,想睡了。

好!

我们一同站起来,彼此都还勉强戴着张已经疲倦的笑脸。目光不约而同地望向对方,也许本意不过是招呼声晚安,然而,事实上却不是。修平的目光望住我,便不再离开。我的,也是,虽然多了些吃力的坚持。我们用眼睛亲吻着对方,吞食着对方,也向对方哀求着,请求放开自己,也请求抓紧自己。

12

从第一次见面,在我们生命的本能中就似乎萌生了渴望。渴望拥有对方,也渴望被对方拥有;渴望打碎自己的存在,碾成细细的粉末,揉进对方的存在。然而,命运却奇妙地令这"渴望"瘫痪在本身的疯狂中。

她首先垂下目光,仿佛天鹅之死中热望生命的翅膀。她一言不发地转过身,走向几步远的屋门。

13

男人的目光海浪般压在我的背上,一波波沉重地推涌、挤压着我的肉体和心脏,把我身体中的水,一点点挤出来。终于,关上了门,好像筑起了一道可靠的海堤。我在海堤后面安全地喘息着,感受背上的潮水渐渐退去,留下空旷寂寞的沙滩。

我睡在干净的床上,屏息静待,等了很久才听到客厅另一边关门的声音。缓缓地吐出口气,心智这才被松开,醒来。望了望四周,原来这是他奶奶的屋子。我不由地想起奶奶的那些鸡,贱命的、不挑剔、易活的丑鸡们;想起那句话,它已经不再是怪怪的预言而成了简单的陈述;想起她躺在这张床上,傍晚的阳光照在她圆圆的鼻头上……

每次见到奶奶的时候,都会见到另一个我,现在她在这吗?

我很想进入那个我的思维。她真是我的灵魂吗?她是永恒的吧,有时她会安安静静地,屈居于我短暂的肉体中;有时在近旁游离着;更多的时候她高高在上,对我满不在乎。

她现在在哪呢?门框边挂衣服的钉子上?桌前的那张露出木头本色的旧凳上?或者就在我脚头的床沿端坐着?她不想让我看见她,因为她并不想说什么。

我恨她的冷静,但又想进入,进入她对命运的认知,想用这种认知冷却随时会烧毁一切的火。如果说十多年来,这份爱只是带来痛苦与遗憾,仍旧可以美丽安全地被存放在心里,那么今天,这份在时光中、在距离间、在命运的拒绝下都不肯熄灭的爱情,充满了情欲的烈火,几乎像头猛兽,蹲伏着,随时会扑上来……

你们会被吞灭。

她终于说话了,但我还是看不见她,她的声音散在屋子里,像是悬浮在空气中的灰尘。

我不在乎被吞灭,我知道他也不在乎。

不止你们。

我在这四个字面前沉默了。是的,它将吞灭的不是单纯的一个男人和一个女人。虽然,许多人会说爱情就是一个男人和一个女人之间的事,事实上却不是。它将吞灭我俩作为人里面的良知,和外面的社会构架,各种值得尊重的关系,誓约,责任……当一个誓约被打破后,就如多米诺骨牌般,带来一连串的毁坏与坍塌。

14

我把一切都想得很清楚,其实早就想过许多遍了。不用去感觉就清楚地知道,另一边屋子中的她也和我一样,想得很清楚。然而,在我们心中,彼此疯狂的呼唤却一刻也不肯停息,好像勒不住缰绳的惊马。前面是悬崖吗?是,又如何呢?

15

你好吗?

我的手机"嘀"地响了一下,传来修平的三个字。他没有问,睡了吗?却问,你好吗?仿佛一切的掩饰,一切人为的隔层都失去了作用。没有了隔在中间的厅屋,没有了那张祖传的敦实方正的八仙桌,没有了一壶冷透的茶和两只空杯,没有了分置在桌子两旁的橡木椅,没有了这两道门,甚至没有了这两个身体。我们的心毫无间隙地合在一起,但我却更渴望他。

还好。

我既感谢文字对自己心思的遮蔽,却又不甘心完全被遮蔽,用一个"还"字,载送虚弱。

许久,再没有一个字传过来,但我紧紧地捏着手机,盯着那块小小的屏幕。我知道,修平此刻的动作也是一样。古人借着明月千里对话,我们借着一块小小的屏幕对话,甚至不需要有电波如月光般往来传递。

16

在无声无息中"讨论"了许久,但我最终打破了这种心有灵犀的对话,我想要用实实在在的语言,来击溃小小,也是击溃自己十分虚弱却不肯放弃的抵抗。

我们做爱吧。

不!

你不想吗?

……

彼此这么多年的向往,你不觉得遗憾?

……

我知道她无法回答。其实,我不知道是否希望她回答,是否希望她更坚决的拒绝。这一步跨出去后,爱情就不再纯纯净净地属于精神、属于梦了。

这十多年中,我其实并没有向往与她做爱,甚至根本没想到这事。男人并不像女人们常想的那样动物性。在我心中常常浮现的美丽图画都与性无关。有时,我觉得小小就像我的一只藏宝贝的匣子,许多心灵中不能失去的东西,譬如梦、譬如心有灵犀、譬如……这些居家过日子时不太需要用的珍物,被我藏在对小小的爱情中,一直很安稳。

但性，却是另一只匣子。

我当然还想到许多……

但我心中对她的渴望，强到似乎只有用与她做爱才能表达。也许可以有别的方法，但心嘭嘭地冲撞着，让我无法静下来细想。并且，这也是上天造男人女人时赐给他们的最直接的表达方式吧。

只是一切都似乎乱了。乱了的责任在我吗？应该在那个掌管一切的神吧？如果他存在。

到了这一刻，作为一个男人，我觉得只有一条路可走。

17

我感觉到他走近了我的门，就在门外，我的身体出于一种本能的对他的呼应，也走向了门。我们几乎在同时转身把脊背靠在门上，滑下去。当我们背对背坐下时，厚实的，因岁月而乌亮的旧木门消失了。对方脊背传出的体温，迅速地，侵蚀着本已虚弱的心灵。

不能！！我在心中坚持着。

我把丈夫、朋友、父母、他的妻子、孩子、良心、道德都慌乱地搬来，堆在一处。我想着在美国的教会、牧师的讲道、《圣经》中每一句能想得起来的斥责淫乱的话，把它们也搬过来堆在那道不成堤坝的堤坝上。还有中国的传统文化，还有圣贤们的智言。然而，这一切竟没有一个是从我里面出来的，这些从各处搬来的东西，好像洪水中扔进缺口的沙袋，转瞬便没了踪影。

可恨的是，我的那个灵魂，此刻，静默无声地旁观着。

我渴望你。他的短信只有四个字，却像又一波山洪。

我在心中问自己，我是否也渴望他？答案是模糊的，因着莫名的惧怕而自我模糊着。当这份爱情穿过"性"这道帷幕后，会是什么呢？是婚姻吗？我已经看见了许多的眼泪，激烈的破坏，污浊的纠缠。看见谎言迅疾地繁殖，看见内疚昼夜嚼食。这份感情能涉过泥污的沼泽，一身清洁地走上它的道路吗？

另一种可能，就是消失。当两个心灵纠缠的人，经过"性"，也许就彼此放开了。也许，这是种解脱？也许，从此他在我心中就只是个男人了，而我在他心中也只是个女人，可以用任何一个别的男人或女人来代替的。

我这样想着仿佛在自虐。

难道，自己真的愿意背后那宽厚的，承重过我的泪、我的思念、我的目光、我全身重量的脊背消失吗？难道我可以让他微红的烟头、粗散的双眉、紧抿的唇、忧郁的目光消失吗？在这漫长的十多年中，它们都在对我述说，绵绵无尽的情意围绕着我。

难道就真的放手？我的心预先领受着那份荒凉。想着丈夫如海，想着我们被人看为楷模的婚姻，一切都是完美的。然而，对修平的思念与渴望梗在这婚姻中，使它无法纯净。当阳光洒满枝叶花果时，地深处的根却不能安宁，无法阻止那些渗出来的眼泪。

我们结婚八年了。这八年中，我都惧怕睡眠，惧怕有梦的睡眠，惧怕梦里的他，惧怕心中的呼唤从梦囊中刺出它尖利的锥，伤害身边爱我的丈夫。

18

让我和你做爱。

我一边发着短信，一边感觉到各种纷乱的思绪从背后她的心里涌过来，但此刻我坚决地拒绝让它们混乱自己。这一刻，我的渴望是单纯的，我刻意地拒绝想到任何一件属于"背景"的事，保持着这份也许只属于虚假的纯净。

我觉得必须快速解决，不敢因为时间的拖延让自己想到其实该想到的人。

它会是最美妙的!

我对小小说,也是对自己说。

是爱情自己要求的完美。

我的心里不由还是跳出一句小小的心思:不论是完善这爱,还是结束这爱,就让我们跳下去吧。

但我没有让这句话在屏幕上显出,我拒绝一切不祥的、沮丧的预感。

我站起身,门在面前打开。小小的面容苍白,但不是虚弱,仿佛烧到白炽的火焰。

19

他们从容地、缓慢地甚至带着些最后的犹豫,走到床前。然后,慌乱地、急迫地、再无一丝犹豫地做爱。

开始的一瞬,他俩都看见了我们,他们各自的灵魂。我们一个站一个坐地呆在屋里,很漠然,因为知道接下来的每个细节。我们不想劝说什么,就像灵魂无法理解肉体一样,肉体也无法听懂灵魂。

我们看着他们,他们却不约而同地不再看我们了。我们偶尔对望一眼,不理解彼此间如今的全无瓜葛。不过,杨修平和秦小小在永恒中只认识了十几年,一生算上也不过几十年,世人在情歌中唱,我的灵魂在爱你,永远爱你。这真是好笑。

他俩都在尽力地给,尽力地要。

不是尽情,而是尽力,尽生命中本能与理性一切的力量给予并吸取。往昔所有的时光、所有的相思、所有起起伏伏的爱恨、所有的眼泪和摄入心灵的日月,都在这一刻要给出去。甚至还有未来,还有未来一切的生趣,一切尚未用的力量,一切不能共享的欢悦和痛苦,一切……以及渐渐老去的忍耐,进入死亡的瞬息。

他们渴求着、极力完成着一次交换，彼此交换心灵、岁月、情感与存在。渴望让自己整个的生命进入对方，去永远地陪伴他。

他们的永远也就是这一生的几十年吧。

他们的做爱是激情的，但这激情中充满了不安、焦虑、紧迫。他们爱得那么匆忙，仿佛随时会被迫停止。仿佛屋顶随时会塌下来，仿佛大地随时会裂开，仿佛门随时会被敲响，仿佛被他们关在门外的一切，随时会走进来站满一屋。或者是因为我们在屋里呆着？或者因为他们知道我们的存在，而有了一丝不自然的展示成分？

我们离开了那屋子，外面下起了小雨，空气新鲜得连我们都有点动容。

20

我俩各自心里的爱恨都在这一刻，冲撞着，撕咬着，直到伤口彼此吻合，直到压在心里的呼号彼此相融，成为叹息。

我们没有说，也没有想，但似乎彼此都把这一次做爱，当成了两人唯一的一次做爱。

一切平静之后，天色已微亮。

也许，是害怕冷却。也许，是害怕清醒。我们不知道明天是否还能属于自己。

我们再次投入对方，再次渴望融合。

如果能够选择，也许会希望死亡此刻就能安静地来临。因为，被刻意掩住不看的一切，已隐隐显出它们的面目，冷静地等着索取代价⋯⋯

在稀薄柔和的晨曦中，这一次的做爱，仿佛是一种告别的抚慰。不是抚慰对方，而是抚慰自己的心与肉体。有些东西已经飞去，有些东西已经沉下，水面恢复了平静。爱情，安静地铺展在我们面前，渐渐隔开两个缠绕的身体。

21

我没有抱着小小一同进入晨光中的睡眠。

我不敢。

我怕这"相拥"，怕这过分的美好，怕自己再也没有力量醒过来。

我轻轻起身，离开她，仿佛她已经睡熟，而事实上我知道她醒着，正一动不动地感受着我的离开。我想把这最美、最温柔的"相拥入眠"留给将来，留给我们的婚姻。我渴望娶她为妻。

没有让门完全关上，也让自己屋里的那扇门留着一条缝隙，以便彼此的呼吸和睡眠可以往来交融。

22

我感受着他的离去，想留住他，但我没有说。我知道他想把这美丽的柔情留给将来，但我无法相信明天。我只希望他抱着我沉入睡眠，沉入晨光中永不醒来。

人常常会渴望停在某一刻的纯粹中，然而，那只是幻想。我们总是被时光运送，进入下一刻，再下一刻……失去再失去，迎接再迎接……"纯粹"就这样被串联成混杂，生命就这样充满辛酸但丰富，充满软弱但坚韧。

当初，你为什么选择他？是因为你们做爱吗？另一间屋子里的修平用短信问。

不是。其实我并不想回答他。

"纯粹"就这样被打破，还没等到天亮，一切刻意回避的都回到了我们中间。我俩不是单独的人，我俩之间的感情，刚才的事件，没有任何一样是可以独自存在的。"纯粹"的概念，仿佛只是一剂毒品，让我们完成了短暂的自我迷幻后，卑鄙地消失，留下虚弱与混乱。

因为他渴望娶我为妻。

我按这几个字时，出于诚实，却也感受到了残酷。然而这残酷并不仅仅是对他，也是对我自己。

23

……

因为他渴望娶我为妻——我面对着这几个字。

手机铃声响了，是妻子王瑛的电话，她无非是问我在哪，做什么，我可以很容易地撒个谎骗过她，因为工作原因我经常夜归或临时出差。但此刻我不想撒谎，我把手机关了。虽然知道这样做会引来更多的麻烦，需要更多的谎言与解释，或者是决然地真正伤害她。我能伤害她吗？

这个女人跟了我十多年，做了近八年的夫妻，流产两次，生了一个儿子。她知道丈夫并不很爱她，她也不去要求那些"虚"的，她信任我。做我——一个报社社长的妻子，跟我过日子，就是她的全部人生理想。她的心思都在我身上，谨小慎微地看重着我的工作和身体，虽然她并不在乎我的精神和心灵。在她的心思中，那些都是虚的，是不重要的。也许是因无力关注吧，她并不期望进入丈夫的精神领域。

我力图速速入睡，不愿意在此刻让关于妻子的一切进入脑海。

窗外已有了些晨鸟的鸣叫，清新的空气丝丝缕缕渗进来，我努力去感受另一间屋子中的小小，感受她的睡眠与梦，但却被隔离了。

第七块砖

1

　　我是在急诊室的走廊里，给丈夫打的电话。电话响了几声长音后丈夫竟没接，再打过去，他关机了。我只得放下电话，一个人跑前跑后，大声请求着并用丈夫的职位要挟着，汗流浃背地奋战。最后，一切总算办妥。儿子杨小平躺上了一张走廊边搭的临时病床，胳膊上吊着盐水。打了止痛针的儿子终于安静下来，睡着了。梦里还皱着他的小眉头，时不时轻叫一声：我疼！妈妈。医生说没什么，是急性阑尾炎，等医生早上上班后就安排开刀。

　　我心中不由地埋怨丈夫。一个人抱着儿子在医院奋战几乎是常有的事，但我今天特别怨恨他。他竟连一个电话都不肯接，一句话的支持都不肯给。

　　结婚七年多了，丈夫杨修平与我说过的话连起来，凑不够他一篇社论。他总是很忙，无论当记者还是现在当社长，他总是忙。早上我起来时，他还没醒。晚上他回来时，我已经睡了。结婚的头几年，我用各种方法，希望让他多看自己一眼，和自己家长里短地聊聊天。认识他七年，追了他七年，等了他七年，终于和这个男人结婚了，终于有了一个自己向往的家。就不能期望像一对普通的夫妻般过过八小时外的生活？一起吃晚饭、看电视、聊些闲话，周末一起去逛商店，抢购些便宜货，带儿子上公园……

妈!

儿子小平醒了。我凑过去看着他,他小小的眉眼像极了修平。

爸爸呢?儿子的眼神总像大人般带着丝天生的忧郁,我每次看到这双眼睛就会感叹自己对修平的迷恋,我觉得自己已经有很长时间没有看见过丈夫的眼睛了,他不看我,他也没有时间看我。我想看他,但看不到,就只能看儿子,看麻将牌。

2

起初打麻将是为了等丈夫回家,他常常十二点才回来。儿子很乖,一个人自己就睡了,我便不知道如何打发余下的时间。只有麻友肯陪我消磨这些时光,且不必说话。我怕述说,怕里面的寂寞会漏出来。在熟识的女人中,我是个被羡慕的人,是个生活中走大运的赢家。麻友们也想看看我的丈夫,看看报纸上那个名字怎样有鼻子有眼地变成个男人,最好还能站在她们的麻将桌边,调笑几句。但他每次回来,都只是客气地点一下头,然后走开。

有一次他对我说,能不能去别人家玩。我早就读懂了他脸上的不屑,一直等着他责备我,然后就好向他尽吐心中的苦水,就可以向他表达恋慕与渴望,就可以对他说只要他肯早点回家陪我,我根本不在乎打不打麻将。但丈夫一句责备的话都没有。也许,在他心中,披头散发,麻将打到深夜,吆五喝六的无聊生活就应该是我的生活。

他从不过问我的工作,事实上也没什么可问的,高中生会几句英语在公司里做个文员,没有被一批批年轻女大学生挤掉,完全是因为老板是丈夫的朋友。我很努力地工作,但没有人在乎,事实上也没有引起注意的必要性。我在这个闲职上浪费着生命,丈夫却觉得一切都很正常,为我安排得很好,很妥当。

我的怒气在丈夫的客气面前发作了,自从嫁给他以后,我越来越容易发怒。那次和每次一样，我心里对自己说不能再这样吵闹下去，但还是决定再放纵一次。

别人家都有男人，怎么玩？

我以一句冰冷嘲讽的话开头，他照例不再吭声，平静地让我清楚感受着自己的蛮横、粗俗。我恨这种感觉，火就腾地燃起，扑天盖地地向他也向自己扑过去。

但后来，我就不再打麻将了，总是呆呆地坐在电视机前，并且不常换台。我对长篇电视连续剧越来越有依赖，广告成了我的新女友。与过去的女友们越走越远，因为不能让人进入我的生活，她们对我的羡慕是我最后所拥有的，还有就是每年一次挽着丈夫回老家过春节。他没有父母，春节自然是回我的家。父亲大得安慰的眼神，母亲得意的希望左邻右舍都听到的高声，总是让我得着力量，得着一年忍耐的回报。

作为丈夫，杨修平实在是没有给我足够的关爱，但作为女婿，他真是比儿子还要孝顺。他给他们买许多礼物，他围着他们前前后后地转，他满足他们各种出于虚荣的要求，他允许并且还算配合地让他们将他向邻里同事展示……在那几天里我所看见丈夫的笑容要比一年中看见的多好几倍。

3

有一次我忍不住对他说，你不觉得他们又俗又势利吗？

他看了我一眼说，你说什么呢？爸妈嘛！

你可真够宽容的，怎么没见你对我那么好？

我的眼睛有点发热，心里恨不得化成水，热热地流出来，语调却不见一丝温柔，好像在找碴。

果然，他的脸一下子冷了，恢复那种平静，注视了几秒钟我的无理取闹，然后调开目光说，他们是你的父母。他走开几步，迟疑了一下，停住，回过头来，脸上尽量柔和、周到地问，你觉得我对你不好吗？你，希望我怎么做？

我在心里催自己对他说，我想要你多陪我，我想享受那种做饭、吃饭、看电视的家庭生活，我想……你爱我……当我想到这三个字时，一切的力量和冲动都消失了，我知道我所要的爱他没有，他只是在做一个"丈夫"。

没什么！你已经做得很好了。我淡淡地说，然后又忍不住加一句，若是晚上能早点回家就好了，小平也希望多和父亲在一起。

噢，我知道。我们报纸每天早上出，你知道我晚上总是很忙。以后会注意的，尽量早点回来。

他说完就像是完成了应尽的义务，走开。我知道一切都不会改变，他不想回家。报社是忙，但不忙的时候他也会约了老同学或朋友聊天或者喝酒。他只是不想早早地回家。但我不愿这么点出来，我甚至希望他自己并没有真正意识到自己不想回家。

4

妈，爸爸呢？儿子小平提高声音又喊了我一声，固执地问。

爸爸在出差，妈妈给他打电话让他来看平平，好吗？

好！小平很认真地点点头，目光有点不满地看着他的妈妈。我觉得儿子真是像极了他，目光神情都像，他们父子俩都好像时刻在评判我。我究竟做错了什么？我不知道，但我还是愿意相信总是自己做得不好。

我走到医院公用电话旁拨电话，修平的手机开了。电话打通后，他的声音显得清新柔和，他说尽快赶来医院。我说，不用急，儿子现在挺好的。他说，对不起，让你一个人辛苦了。

我挂下电话时心里想这次决不跟他发脾气，决不乱猜疑。这时我看见电话旁扔着的一张报纸，一个不大的方块上的标题跳入眼帘,"旅美作家秦小小回归故里,八载再访秦淮旧貌换新颜"。

这个女人突然间又回到了我们的生活中。突然吗？其实也不突然。有些年我甚至在等待,在奇怪,她就这么不堪一击地败退了？再也不回来了？后来很自然地想到小小身边的John,想着女人终究是要实实在在地进入生活,小小和自己并没什么区别。我一点都不嫉妒小小,希望她生活得好,希望她跟着John去到地球的另一边。我对不可能抓到的东西并不生非分之想,但对我必须抓到的,特别是已经抓到的,却是有着母狮般的守护之勇。

然而,此刻,我却感到了一种轻微的软弱。十五年前的勇气去了哪里？今天我已经对这个男人有了绝对的权利,为何反而失去了那种自信？

5

杨修平坐在儿子的身边,我坐在他的身后。他像梦游般在无意识的惯性中动作,向儿子说着父亲该说的话,把手摸在他的头上。我静静地看着,我敢说他的掌心根本无法感受到儿子发质的软硬。我看着他在努力地想让自己醒过来,但却醒不过来。这让我生出心酸和恨,我把目光牢牢地盯着他的后背,他只得坚持着宽厚肩背的平稳,来承担我的目光。

不用猜就知道他们已经见过了,甚至知道他们昨晚就在一起。但我不想说,我不想为他除去这沉重的枷锁般的铁面具。我觉得无法把希望寄托在他的情感上,人的情感与欲望混杂着,是何等软弱而自私。我此刻只能寄希望于他里面的良知,我在心里对着他的背,更是对着上天说：

你已经是我的丈夫了。已经是！

你已经是这孩子的爸爸了。已经是！

我不知道还能做什么,还能说什么？想到他和秦小小,面对他心中的感情，我感到自己能说的这两句话，说出来也是毫无力量。但只要它们不说出去，就在我心中有着无穷的力量。

我决心默默地在心中守着这朴素的信念，自己仿佛成了婚姻勇敢的代表与爱情抗衡，然而我的心中又何尝不渴望爱情。

第八块砖（两半）

1

  我把妻子和儿子送回家，看着小家伙睡着后，一时不知该怎么办。我怕呆在这个家里，怕与妻子面对。刚才走进家门时，我好像是突然发现这是我的家。门边放钥匙的鞋柜，桌上放着的杯子，客厅桌子旁常坐的椅子，扔在沙发背上的衣服，床头的结婚照，拖鞋……

  我无法呆在这一切里面，这一切都含着一种审判责备我的权力，它们看着我，并时不时地用它们的真实碰撞我。梦和梦中的爱情都在这现实的白昼中，虚弱地像要消散。而我又怎能让它消散呢，若它消散了，我不知道自己还能剩下什么。

  最可怕的还是一直默默无言跟在背后的她，她是这一切权力的中心，是这堂审讯的法官。愧疚、自责从心里生出来，我不知道它们出于哪个角落，仿佛不出于我自己的思想。因为我不愿为昨晚的事自责，不肯后悔。

  讨厌愧疚的感觉，觉得这种感受亵渎了心中的爱情，亵渎了小小和昨晚的美丽。

  然而，这屋子里的一切都似乎是法庭上的证人，在我心里的某一处独立着控告我。我被逼得无路可走，甚至渴望妻子追问自己昨天的去处，渴望她像通常那样和我大闹，我渴望有个机会把昨晚的一切，把心中的感情都大声地说出来，就在这间屋子里说出来。渴望借着直率的坦白，使那属于梦幻的一切能现身于真实的世界。但妻子反常地不说什么，这令我也无法说，虽然我不在乎被她也被自己的良心定罪，但毕竟不能这样无耻地伤害她。

孩子轻微的呼吸声，妻子在厨房与客厅中小心翼翼的动静，房间里熟悉的气味，床上皱褶的被单……都使我无法逃避，无法视而不见，它们注视着我，挤压着我，让我喘不过气来。

2

你还是先去报社看看吧，小平没事了。我已经请了假留在家里陪他。

妻子好像看出了我的坐立不安，不知何时站在了身后。

我像接到了赦令，觉得她从来没有对自己这么体贴过，一边嗯了一声，一边向门口走。我不敢去看她，只是向她站的方向略转过身去说，那辛苦你了。在我打开门就要走出去时，她问了一声，你今晚回来吃饭吗？

我在这句问话中猛然感到一阵酸楚，自己有理由让这个女人如此委屈吗？虽然无法把爱情给她，但自己是这个家的丈夫、父亲，不应该回家来吃顿饭吗？

人的心思是很奇怪的，过去因着对小小的思念及放弃，陷在一种自虐的苦痛中，那时觉得自己很对得起这个家，我把自己这个人都给了妻子孩子，还要如何呢？日日夜归，不关心她，也不在乎她在想什么，做什么，这一切我都觉得理所当然。但当我找到了小小，当我的爱情活过来时，我的心、感觉也都一同活了过来，我感受到了妻子王瑛的感觉，甚至惊讶于自己一直以来竟是对她如此冷漠。

我在门口回过头来，看着她，妻子穿了件粉红缀了蓝色小花的毛衣。我不知道她什么时候买了这件衣服,想了想,发现自己根本想不起来她都穿过些什么衣服。

我说,今天我会回来吃饭。瑛,我不是个好丈夫,对不起!

她愣在这话面前,不像是被感动了,反而有点惊慌。

这有什么对不起的?回不回来都可以!现在男人们都忙,天天回家吃饭的男人没什么出息。

她故意用平常用惯的语气随随便便地说着。

我出了门,但我感觉到她在心里不断地说:平,你今晚要回来,你要回家!

我突然觉得,也许她知道了一切。

3

我在报社里处理着各种各样的事,心思一直在口袋里的手机上,它始终没有鸣叫也没有振动。我一直在努力控制自己,不给小小打电话,怕听见她的声音,她的声音可以让我的意志化为水。但是,我能不履行今晚回家的承诺吗?眼前不时晃动着躺在床上的儿子,和站在那里穿着粉红蓝花毛衣的妻子。

你今晚回来吃饭吗?

这句问话一直轻轻地在我耳边回响着。对于妻子王瑛,过去我觉得是她占有了自己,使自己不能飞向小小,因此心里无意识地对她怀着怨忿。而现在,我已经把自己整个地给了心爱的女人,已经把所有的思念、情感、心灵、爱都给了小小。在一种终于得到的满足与释放中,我发现自己里面再没有什么可以留给王瑛了,而她却是自己娶的妻子,与自己共同生活在一个屋子里,有一个像自己也像她的儿子……自己今天无法选择不回家,但又忍不住想到小小,只剩下两天了,我无法抑制多见她一面的渴望。我在盼望小小给我打电话,盼望她约我,盼望她坚持要见我。

小小的电话是傍晚来的，我们在电话两端沉默着。我知道她也是在等我约她，我俩的心思太像了，都面对着现实、良知，又都被疯狂的爱恋鞭打。终于我们一句话没说地挂了机。我们都想随便说两句问个好，但都不敢开启紧闭着的嘴唇。谁知道会有什么话从心里蹦出来呢？

接下来的两天里，我和小小都似乎有意地在躲避又一次的见面。我每天的工作都排得很满，从早上八点到晚上十二点，开会、应酬、写稿、编稿，事必躬亲，忙到没时间给小小发短信。

深夜，当我看到小小发来的短信，晚安，才放松了内心并非自觉的紧张，让疲惫的身心滑入星空，滑入星空下对她的种种思念，然而那时我走在回家的路上。我觉得真是奇怪，自己这两天工作中并没有出什么错，仿佛肉体的生活、工作都只是借着惯性自动运行，完全不需要心灵。

4

我和忙碌的他正好相反，什么都不想做。

两天后离开的机票就放在书桌上，在我心中每一分秒都被反复抚摸过，我对自己说，我不能再回来，不能再回到那个不真实，却又是最清晰最真实，永远无法抹去的时段中。我看着那个时段渐渐地缓慢地退后，仿佛是看着他空寂的怀抱，感受着那份酸楚与疼痛。

其实，我并不能对自己说明，为什么要爱修平。十几年前，找不到一个理由来坚持对他的爱情，今天更是找不到理由再来爱他。他没有为我做过什么，他不属于我通常喜欢的类型。甚至，我也并不那么热望与他出双入对。我常常为丈夫柳如海感到骄傲，欣赏他，走在他身边时会感到一种女孩子虚荣心的满足。

但我还是爱修平，虽然他没说什么，但我感觉到他心里对我的爱,那是一种热切、执着的向往,这种爱好像又产生了个巨大的磁场,让我逃不开,把我吸进去。有时我会对自己说,这不过是我自己对爱巨大的渴望,在一个偶然选择的男人身上的投射。作为一个心理辅导医师,我有许多理论、技巧,可以来解剖这份感情,但全然无用。

我只想与他静静地坐在一起,我和他在一起时会忘记世界的存在。我对他的爱情仿佛是命定的,是超出自己的选择与意识的,是一种毫无道理可言的本能。

我把所有的分秒都用来思念,不断地给他写缠绵的或是热烈的短信。他通常不回信,回信也只是两三个毫无感情色彩的字,在忙,正忙,好,你好吗,是,可以,知道……但我知道他不仅看了短信,且字字看进他的心中。这些满含爱情的字都一个个沉入他的生命里,甚至没有一个字能在水面上被水流带走。

我一边发信,一边觉得自己很残忍。我知道这些"爱"都将成为他的沉重,他的痛,成为他无法抛开的记忆。当我离开之后,当我完全从他的怀中离开之后,这痛会胀满他空寂的怀抱。然而,我无法不这样做。这两天中若不靠发这些短信,我就无法控制自己不去找他。若不在这两天中把里面积压的爱尽力地抛出去,我就无法走,无法在一个远离他的地方生活。

希望爱情是可以抛完的,是不会繁殖的。不是有歌中唱,泪会流完,爱会用尽吗?

5

——夜已深,还有什么人,让你这样醒着数伤痕?

机场的咖啡厅里,林忆莲的声音缠绵忧伤,宛若烛灭后冉冉升起的残烟……

——为何临睡前要留一盏灯?你若不肯说,我就不问。

我和他彼此无语，默默地听着歌，不肯想也不能问今后天各一方的生活，不能问那盏灯。我们甚至无法等待对方，无法为自己留一盏灯，无法避免沉入寂静漆黑中可怕的思念。

乘客已经开始登机了，我站起来，并不看他，等他把手中的旅行箱拉杆递给我。他的眼睛看着落地玻璃窗外的飞机，一时间什么都无法想，或者是不敢想。后来他告诉我，他常常梦到或想到当时窗外的这架铁皮做的巨型蜻蜓，那笨重的肚子让它有点像条大鱼。他不理解它，不理解它在时间、距离、情感、命运中的角色。他不觉得我是在地球的某个固定的地方和他一样地生活着，他只觉得我被它吞没，进入了时光的另一个世界，一个与他彻底隔离的世界。

我从他的手中接过拉杆，感觉到他掌心的汗湿，但我的掌心冰冷。旅行箱的轮子格外沉重地挤压在地板上，缓缓、艰难地彼此移位，这声音夸张地胀满了整个候机大厅，然后是个无法形容的回旋，我又站在了他的面前。

在你所有爱的人中，我排第几？

人们拥挤着向登机口涌动，有个孩子大声地哭，母亲呼前喊后的声音，男人对着手机吩咐下属……我在这嘈杂的声音中隐藏着自己的羞愧。怎么会问这种无聊的问题？我知道这样问实在像个无知的小女孩，但就是固执想要问，想要他知道我的在乎。我不由地想到她，时而会来探望自己的灵魂，这一刻她不在我里面，她在没有时间、没有距离、没有空间的地方。

而我，独自在这份爱情中，面对着自己情感和理性的双重堕落。是灵魂背叛了肉体，还是肉体背叛了灵魂？事实上，我们并不常在一起。她不在的时候，我便没有了忏悔、对抗、辩驳的对象；本性，像廉价玩具万花筒般变幻着，不需承认只是一撮七彩碎片。

他垂着眼睛不看我。

等抬眼看我时，向我传递了一份无奈，一份沮丧的诚实，一份温柔的暖意。这一刻,世界仿佛都不肯存在。我的心在他粗散的双眉中哭泣,如同在高原荒天荒草之间;在他细眯幽深的眼神中迷失,仿佛走在一条永无尽头,看不见始也看不见终更看不见两边景物的小道上。

我被这双眼睛吸入他的世界,那里只有她,只有对我的爱,一种布满裂痕,渗着泪湿的空气充满其间。

退着离开,仅仅只有四五步的路。他面对着我,目光一直没有移动,看我的眼睛、鼻子、耳朵。我的头发在脑后挽着,他的目光就停在我的耳轮上。我似乎感到他在我的耳边说话,但一句也听不见。

我记得修平从来没有这样持续地看着我,感到无法再在这种注视中坚持,我用眼睛向他道别。

然后,我看见他竖起的一根手指,它竖在眼睛旁稍远的地方,好像是被他眼角皱纹牵扯着的一只风筝。

我匆匆地扭过头去,走入狭窄闷热的登机过道。我听见了那句回答,它是我所要的,但我能接受吗?汗水,默默地从高空渗出、流下。

6

我在北京呆了一周多,身体忙着许多事情,效率很高地办事、见朋友、欢笑、喝酒、说话……然而心一直停在手机的那方小小屏幕上,像一只累得无法再飞的小小昆虫,我停在他的目光里、世界里,飞不出来。

一天晚上,我又看见了她。那天我穿着睡衣,奶黄纯白的条纹,淡紫缎带的边饰和蝴蝶结,她就栖在一朵蝴蝶结上,是一圈橘黄的光晕。她似乎是有意让我注意到自己的这件睡衣,我的睡衣几乎都是丈夫如海挑的,中国人大都习惯将旧衣服当睡衣,但他说穿睡衣的我才是属于他一个人的，我应该为此更美丽，因为此刻看着我的人是世界上最爱我的人。

我的手轻轻抚摸着纯棉柔韧顺滑的质地，好像是抚摸着自己的婚姻。我伸出一根手指，把小小的橘黄闪着金红的光圈套在指上……但就在此刻，那属于罪恶的，我竭力想逃避的，却无法扑灭的激情，仍在我身体里燃烧着。

她当然洞悉我身内的一切，神经、思维、意念。她问：你想清楚了吗？

没有。我答。

其实，想清楚想不清楚有何分别？我常常想得清清楚楚，还是做出不该做的事。

想清楚，也许对灵魂是件重要的事，对肉体，大多数情况是枉然。人在很多时候都是情欲的奴隶。一生多次都是情欲将自己推上命运的传输带……情欲仿佛是自己命运的主人。我感到一种恨不能赤裸地从悬崖上跳下去的疯狂。

如果跳下去只是毁了自己，也许真的可以不在乎，但还有别人啊……但凭什么我要在乎别人受不受伤害？

没有别人和自己之分，世界是一体的。时间是延续的，没有了断的那一刻。

她的话像座山般横亘在我面前。是的，跳下去又如何呢？情欲很快就会被疯狂喂饱吧？然后，会留下伤残撕碎的一切，悄然离开。毁坏实在比建立容易得多，但并没有真正的如灯灭的"死"来为毁坏收场。

那天晚上，我跪在床边祷告。我很少祷告，总是躺在床上读小说，看着丈夫柳如海把高大的像山一样的身子弓在床脚伏着祷告，我知道他总是为许多人和事情祷告，当然不会忘了为我祷告。

虽然不太相信上帝会听这些祷告，但看着他伏下的背，就会感到有一种安宁笼罩着我们的屋子。他若出差不在家，我就会心慌慌地睡不着，等他打电话来。

　　此刻，我伏在床边，一时不知该对上帝说什么，不知能说什么。时而好像伏在一个老人的膝头，时而却像是伏在空旷、肃穆的大厅里。我突然十分渴望丈夫，渴望他的祷告就像他弓起的宽阔脊背般罩住我，覆盖我。

　　最后一天。是的，这是最后一天，就要离开中国，以后什么时候再回来？还敢回来吗？我不知道。一切该办的事好像都办完了，其实我几乎不知道自己办了些什么事，只是顺从着身体的行动。

第九块砖

1

　　傍晚,走在故宫的红墙边,远远看着广场。突然间,这块国土上的每棵植物每个人每一种声音都强烈地感动着我,引诱甚至逼迫我流泪。我不知道是自己对这块土地和文化的思恋,幻化成了对修平的爱,还是"爱情"这把具体的,易于被女人理解掌握的钥匙,为我打开了一扇门,让一种庞杂、无法理清的,对女人来说过于沉重深奥的爱,淹没了我?

　　在别人眼里我是个喜欢复杂的女人,事实上女人都倾向于直接的情感与思想。有意识地不去深入,只是把心思停在那双浮在水面的眼睛上。甚至很想放纵地迷失于这双眼睛里的爱中,然而红墙一直地延伸着,随着我的步伐,或者说我的步伐随着红墙延伸。

　　红墙很长。有许多灌木、花圃和树阻挡了我,使我的行走不能紧贴墙根。近看时,红墙很粗糙,一块块地褪了色,深浅不一,好像一些水滩。一对头靠头的男女坐在四五步远的地方,他们背对着红墙。再远些是很宽的马路,大河一般。车流一涌一涌,在明亮的天空下闪烁,但我听不见它们。仅仅是一排粗壮的白桦树,就让我看着它们,仿佛醒了的人回忆梦境,或是梦中的人观看现实。

河的另一岸，很遥远，天空般辽阔的广场。广场上飘着高低不一的风筝，那些风筝下面应该有人。我一边走，一边给远在南方的修平发短信。短句或仅是几个字。不知道此刻他在做什么，所以不便给他打电话，其实也不敢再听到他的声音，怕这声音会一下子刺破自己的防线，会把正努力游开的心灵一下子钩住，沿着一道空中的弧线拉回到他怀里。

2

南方，居民小区里，我正坐在锈了的铁椅上。这是周六，七八步远的秋千上，儿子小平荡来荡去，好像一只钟摆。目光穿过儿子，看红墙前缓缓走着的小小。我很想全神贯注地盯牢她，但不得不时常伸伸缩缩，以避开钟摆的切割。

焦急，无缘无故地焦急，头上的汗被太阳不断蒸发。衣服里面，身体凹陷处都在流汗，仿佛破了的水囊，从一点点地渗透，渐趋涌流。

我在出汗。

不知道为什么要对小小说，仿佛只是意识流，但又掺着希望。她没有马上回短信，等了许久才回。有株玉兰花树，很高大。我就看见了那些硕大、冷漠的花朵。厚实，完全不透明的白。无论是高处的，还是低处的，花，叶，都一动不动。

体液的涌流渐渐收住，虚弱地面对它们。

秋千，儿子，好像恒定摆动的时光，在我和花中间。

玉兰花模糊了，白纸般覆盖了她和红墙，一点都不透明。

她坐在树上。真希望你能看见她。

她在看你吗？

是。

说话吗？

没有。

你要走了吗?

我知道自己问得很愚蠢,希望她不要回答,但手机屏幕上立刻显出一个字,是。

她消失了。

或者准确地说是那个手机号消失了。那串数字因为不再说话立刻掉下去,落在地上,像一串细小的蚂蚁钻进泥土,无影无踪。小小也就没了,难道还要再过十四年才出现?

我从锈铁椅上站起,好让液体顺顺地往脚底流。太阳把楼房的影子投向我,我拎起儿子小平回家。我想,一定要去趟红墙。那里真的有棵玉兰花树吗?他也会坐在某根树枝上看着自己吗?

下篇 白玉兰

第一枝

1

　　妻子王瑛进进出出地忙碌着，大声地唤儿子小平。他不知道她为什么要这么严厉、大声地把儿子唤来唤去，但他庆幸她一眼都没有看自己。杨修平听到她在客厅里和邻居小京的爸爸通话，好像是商量明天去动物园的事。

　　杨修平觉得有点奇怪，王瑛并没来烦他，甚至没来和他商量。他周末总是要去报社或有事，儿子小平通常都是跟着小京到他们家去玩，王瑛就在家里做好饭等他们回来。起初遇到这种时候，她必要埋怨责备他一阵子，要他一起去，虽然结果都不会改变，但这个过程却是不能省的。渐渐地，不知何时起，这过程省略了，去动物园这件事，甚至还有其他杨修平不太清楚的家庭娱乐活动都与他无关了。

　　他静静地听着，有点希望她进来责备他，有点希望陪他们一起去……

　　儿子小平走进屋子，过来对他说，掌上有个刺。他看了说没有。五岁的儿子皱着眉头看了看他，走开。他固执地翻仰着手掌，在屋里走来走去，只是不再看他。他想把他再叫过来，但事实上只是看着他，不明白这个走来走去的小人怎么会是自己的儿子，五岁的儿子让杨修平觉得很复杂。

客厅里的声音静了，王瑛推门进来，说，我去对街新开的超市，看看有没有什么优惠……她看了看他，想说，一起去吗？但却只说了句，你晚上要去办公室吗？他不置可否地嗯了一声。她转身出去时没带上卧室的门，他的目光就看着她的背影。她仍然很年轻，一身有点污旧的天蓝运动绒衣裤，腰身纤丰适中，步态结实而有弹性。

2

妻子王瑛比他小八岁，当年是个很泼辣的女孩。只有高中文化的她突然闯入杨修平和秦小小的世界，一切就都乱了。她像只野猫，用尖锐的爪子轻而易举地抓破许多似是而非的东西，又像荒野里坚韧强劲的藤蔓，牢牢抓住她想要的男人。对于她来说嫁人实在是头等大事，接着就是家、孩子。

她很幸运地遇见了杨修平，只是很偶然的相遇，但在她六年坚韧不拔的努力后，她让这偶然相遇成了命运的转折。她嫁给了他。

学生会主席，体育场上的健将，众女生暗恋的才子，最后落入了她的婚姻，这不能不归功于杨修平和秦小小的爱情。所以王瑛从来不恨小小，六年中修平一直在找小小，她都知道并等待着。结婚后，她也从没有想过要把小小从丈夫的心中赶出去。她觉得小小得不到他是理所当然的，她没有自己那么一定需要修平，她要的东西太多，而自己只是要个丈夫。她把全部的生命力和所有的本能及智慧都压在这一件事上，而小小却不是。

是王瑛要他的劲头吸引了修平，让孤儿的他觉得自己的存在——甚至不包括感情等更多的东西，仅仅是存在——竟然能成为这么重要的，让另一个人充满盼望的事。王瑛几乎把做他妻子当成了人生的追求目标，这让杨修平不能不感动。内心十分羞涩的他一直悄悄地对小小有着这种盼望,然而,小小不是这样的女人。

3

几天前,小小曾实实在在地坐在他对面,真的实实在在吗?这一刻他突然有点怀疑。

此刻,这屋子里什么人都没有。空空的屋子里,儿子小平好像还是这么走来走去,不看他。也许他是想要父亲陪他去动物园,但他不说,他在许多事情上的表达方式出奇地像他,这让杨修平有点愁闷。

杨修平想去趟办公室,他怕自己一个人呆着,他知道小小现在可能已经在机场了,她将绕着地球转上半圈,降落在一块与自己脚下的土地并不连着的地上。但他不能动,极端地困倦,头很痛。

妻子王瑛不在这间屋子里,这让他轻松了点。这些日子,她像块重石般压着他,让他喘不过气来。他疯狂地渴望想记住小小,记住她的脸。他对"记忆"这个东西越来越不能相信,他怕漏掉些什么。更准确地说,是他需要在这"想一想"中呼吸。但他无法面对着王瑛想小小,无法想得坦然。这些年来,这个家,这个女人,他们的存在都丝毫没有妨碍他生活在他自己的"呼吸"中,现在却出了问题。

第二枝

1

——×月Ａ日，周六。晴。

现在已是华灯初上的时刻。

飞机越飞越高，我的脚越来越远离中国的土地，也越来越远离你。我觉得自己一生中的每一步都是在远离你，被一种无形的力量拔起，长长的根须，一寸寸被拽出泥土，裸着它泪水满面的娇嫩与苍白。

修平，我想问你，为什么我们不能选择对方。我知道你不能回答，我也不能。也许因为太相爱，就以为不需要加进责任，也不肯让别的掺杂其中。

于是，这爱就因"纯"而软弱，而易于融化。

在你我的人生中，它总是成为最可以退让的一面。十多年前是如此，今天还是如此，将来也不会改变。在我们彼此的生活中，除了可以牺牲自己，唯一可以牺牲的就是自己的最爱。因为别的事物与人，都不是真的属于我们，只有这份爱不会改变，只有这个人永远会原谅自己。

这是应该的吗？

……

窗外，沉沉的夜色，远离地面后，零星的灯都消失了。我好像又坐在那辆出租车后座上，想象着你的肩……你说，你不能放弃对我的思念。我也不能。这思念，我们就称它为"思念"吧，好像细小的但有生命的白蚁，悄无声息地咀嚼着我们，将许多坚固成形的东西变成了粉末。

　　修平，多么希望我们能彼此放开，但又多么害怕真有这一天。

　　"爱你"令我的人生成了虚幻，那么，这真实的人生，能否有一天让对你的爱成为虚幻呢？我似乎只能被动地等待着。

　　盼望飞机越飞越高，让我脱离地心引力，接近存在之源，或者干脆进入虚幻时空……也许，可以让这份情感脱离肉体的欲望，脱离物质的表达。

　　……

　　昨天，我走在红墙边。高而长的红墙，向远处延伸，永无止境。然后，我看见了它，它却没能停止我。红墙引诱着我一直地走……修平……

2

　　Ｘ月Ａ日，周六。晴。

　　真的晴吗？我也不能十分肯定。白天的事记不得了，现在我躺在床上，好像躺在一个莫名其妙的地方。手机在枕头下，安静得像宇宙中的一个黑洞。我在等待你飞机起飞的那一刻，虽然并不知道具体的时间，但心会告诉我。

　　妻子说要出去转转，却又突然回来了，直冲到我面前站住，我有点后悔刚才没出门……

　　她的脸一点都不苍白，健康红润，但眼神中却有一种凛然的苍白。她看着我。我不知道她问了我什么，我只能听见旅行箱在地上沉重滑行的声音，听见你周围和你里面一切细微的声音。她似乎在发怒，在喊叫，她的表情义正词严。她把儿子小平拉过来，在我面前晃动着,然后又扔开。再,是一个靠垫。是一个小镜框,框着几个人。再,是她自己。

她把自己扔开的时候,我隐约听到微弱的号叫。其实我渴望被她所发出的一切声音切割,渴望这些声音能一刀刀刺进来,扎破这可怕的真空似的囚禁。其实,我不想听着你一点点离开,但我只是一动不动。我几乎可以算是厚颜无耻地一动不动,任凭一个女人,一个被我娶为妻的女人,被她自己的狂怒与无奈羞辱。

我心里竟奇怪地没有一点羞耻感,没有自责也没有阴影。我像只被幻觉吹大的热气球。明亮地,也是麻木地坐在那里,既不能去阻止你离开,也不能去安慰她。难道,这就是我,这样一个男人最大的道德极限吗?

对于爱情,对于婚姻,我唯一能做的就是什么都不做。我等着你离开地面,盼望厚实的云层遮去你的面影和你轻微的呼吸。我一动不动地坐着,心却危险地融化着。

……

终于,一切结束,你走了。

我走到厨房,看着妻子的背影,她并不在哭泣,而是安静地准备食物,很多的食物。现在已是半夜,我在她背后站着不敢问她为何要做那么多食物。那个暴怒的女人突然不见了,她的肩背流动着一种顺从命运、相信命运的美。但这种美让我感到不安甚至惶恐。我问她可以帮忙做什么?她不回头只说酱油没了。

拿着空酱油瓶走出住宅楼,走了一段才想起现在已是午夜,就算要买酱油,二十四小时开的超市里也没有零打酱油的。还是拎空酱油瓶走着,觉得仿佛提着只喝空了的啤酒瓶。不知是想到你的离开还是她的体贴,有滴泪凉凉地渗出去,夜风像块冰冷的绢帕盖在我脸上,这就是一个中年住家好男人的放纵吧?

3

——Ｘ月Ａ日，仍是周六。我在地球的表层，快速地逆着时间游动。

飞机的舱壁像鱼腹般软滑、黑暗。我在这鱼腹中，仍感受到时间之流磨擦肌肤，辣辣地生痛。

修平，我在躲避你吗？我在躲避一种诱惑和贪欲吗？从时间也从空间，尽力地远离自己的情欲。它藏在你不肯移去的目光中，凝视我，吸引我。为了这躲避，我丢失了一天，也许更多。还会需要多少时光，被这么抛进黑洞中呢？我一生还有多少时光？

此刻，你和我之间的距离已经是地球上两点间最远的距离了，但还是能感觉到你，不仅是想念，甚至气息，甚至肉体……

就像那个晚上。但此刻却没有一道木门隔在我们之间。

修平，我被你吸引。即便肌肤相帖，我仍然像一颗进入大气层的陨石般，被大地吸引，必定会相撞，必定会彼此伤害。怎样的力量，才能帮助我回到天上，重新做一颗星星呢？

……

是罪对罪人的吸引吗？

我想到罪这个字，是因为我看见了他，丈夫柳如海。现在应该叫他John了，这是在他的母国。

John站在出口，我穿过窄长的通道就看见了他。我在通道里走得很慢，外面的天阴晴不明。乘客们纷纷地越过我，挤出去。连接机舱的通道仿佛是连接子宫的产道，把人一次次生回到现实中，现实的、固定的空间和时间中。

"固定"滤去了梦幻，滤去了各种飘浮的可能……

产道自然地把我挤压输送出去，不容多想，就像不容一个初生儿考虑清楚要不要出生。

每次小别重逢,都会惊讶于他的俊朗、明亮,他就像这块土地一样,蓝天白云,简明诚实,不分昼夜地喜悦着。然而,淡金色的汽车、二层楼的家、洁净的浴室、King size的床,这一切都让我感到陌生。显然,它们属于我,但我属于它们吗?房子大得有点空洞,丈夫的怀抱也是。

我想着你家里的小厨房,你和她肩背相擦……

我在整洁开放式的厨区发愣,丈夫的双臂环绕到胸前,他贴着我湿漉清香的头发问我,怎么,不记得这个家了?

我能说不记得吗?虽然,你的面容充满了我的世界,那些被挤出去的东西虽远远站着,却肯定地包含着我,不是记忆而是真切的气息。

不肯向梦掩面的人,难道真的能向现实掩面吗?

餐桌上有粥和几碟小菜,花生米、黄瓜、卤牛肉,当然不是John做的,是隔壁台湾太太的手艺。还有一张小小的卡片,银色和淡紫的图案,精细的黄丝带。一看就是John的审美。欢迎你回家,英文写的,但读起来熟悉得就像是母语。当我躺在杨村奶奶床上时,当我走在红墙边上时,当我融在你的凝视中时,不可能相信自己与这些方便面似的文字有任何关系。人的记忆多么奇怪。

后园草地中的自动喷水系统按时响起来,我顺着这声音想象着洒水车,夜晚的马路,你所在的城市,楼房,一两块四四方方的窗,窗里睡着的你。

丈夫似乎知道我在想什么,并不来抱我,只是抚弄着我的右手说,睡吧,这是你自己的家。他的声音催眠般将我带入一种语境,好像我是只迷途的羔羊,我想从这语境中挣脱出来,但最后却沉睡了。

4

　　X月B日，周日。早晨起来时，妻子已准备好了一切，说是要回老家扫墓。我说你们不是要去动物园吗？儿子小平也在抗议，但她一言不发，她的神情让我们两个男人乖乖地闭了嘴。

　　汽车一路地开回去，好像与几天前我们回去的路并行着，我侧头看着我们……

　　人来人往，怎么会有那么多亲戚，每个人都是这张网上的一个结，我也是。在繁复的根须中人能简简单单地活，简简单单地爱吗？我能简简单单地想你吗？

　　只有奶奶的坟很干净。妻子恨恨地瞪我。回来的路上她一直不说话，但我可以听见她里面的暴风骤雨。只有死了的人很干净，她的预言很干净，因着死而成为历史的往事很干净。可是，今天正在进行着的一切能很干净吗？

　　死亡与永生、魔鬼与神、天堂与地狱都远远地旁观着，旁观"今天"在浑浊中痛苦挣扎，旁观善与恶在人的肉体上你来我去，拉锯似的争夺。好像军阀混战时期的一座城市，被一遍遍焚烧、一遍遍地清除，只留下残垣断壁。即便在这焦土残骸中，仍是混杂。

　　谁肯放弃可怜的人类呢？上帝肯吗？魔鬼肯吗？一个出于全能的善，一个出于向全能者挑战的恶。然而，人呢？我呢？我自己的力量在哪里？我的良知在哪里？

　　妻子在等着我的忏悔，社会在等着，天也在等着，甚至我自己都在等。忏悔是很容易的，容易说出口，也容易萌发于心。

　　但我真的恨恶这罪吗？恨恶自己对你的爱情吗？若真可以对此恨恶，我又能喜爱什么？若把你从我心中挖出去，那空处能装什么？

　　妻子的肩背随着汽车的颠簸抖动着，过于剧烈地抖动。如果这不是因为汽车而是因为哭泣，就能够帮助我恨恶这罪吗？

知自己的罪容易,恨恶自己的罪却难。我甚至害怕汽车突然平滑或停下,害怕她突然转过身来,害怕面对一张泪脸和一双颤动的肩。那样,势必要张开怀抱去搂住它们,而这怀抱中却满是对另一个女人的记忆与相思。怎样才是尊重?怎样才是亵渎?

明天是周一,可以进入一种短暂的麻痹吧?

5

接下来的几周中,杨修平和秦小小各自在地球的两端生活着,你昼我夜,你睡我醒。

杨修平寻找各种机会出差开会,妻子当然还是间歇地爆发着,只是那个女人不在跟前,她便比一般受害者更可怜,仿佛一拳打出去打不着地方。他和她都远远地干干净净地站在岸上,倒像是她自己一个人挣扎在这洪水中。难道这位置不该换一下?

在她疯狂地伤害自己也企图伤害丈夫时,王瑛始终没有对娘家人说什么,也没有去丈夫报社闹。她这样做是出于内心对他的眷恋,不舍得放弃,但她自己以为并也这样说,是决不让他们称心。

杨修平就让自己这样相信,就可以忿忿于这个女人的世俗与难缠。否则又能如何?他能去思想这个女人心中对他的那份爱与依恋吗?人的相信往往出于需要,这是最本能的原始起因。

他们的琐事无须在此记录,无非是大把眼泪,几个耳光,无处藏身的男人,忽而强悍忽而绝望的女人,只是少了个顺势哭叫的孩子。五岁的小平一声不吭地看着他们,凛冽的冷静与判断不可思议地与天真童稚融合,注视着成年人的一切。

这双仿佛灵魂审判者的眼睛,常常让王瑛和杨修平同时安静下来。无论是自认为道德在握的,还是爱情在握的,都同时感到忐忑,不那么理直气壮了。

6

秦小小连着几周没有给杨修平写信，也许写了，但只是写在她的心里。梦中，修平似乎能看见它们，一行行一页页，醒来却是一片空白，没有一个字肯留在他的记忆里，被他带入白昼的生活。

他知道她不敢写就像他自己也不敢写一样，但他还是无法忍受这突然的空寂。

当月最后一个周末，他提着一点行李走出家门，王瑛正好买菜回来，两人在窄窄的楼梯上遇见。王瑛没有给他让道，她看了眼他手中的行李，然后抬头看他。她克制着自己，等这个男人向她解释，说他去出差或者别的，任何一个可以让她接受的解释。

但修平却一言不发，他只是很懊恼地站在那里，他不想说话，不想向她解释什么。他只是要去看一眼红墙，去那棵玉兰树下。不是为了寻找她遗落在地上的声音，是去找自己，或许可以遇到自己，说一两句……

然后，他会回来。

然后，也许就可以重新进入没有她的生活。

然后，他就可以让面前这个女人，让儿子、家、工作、亲朋，让所有这些大权在握的事物重新拥有他。

但，此刻，他不想说话，不想说谎话，也不想说真话。

当他走出家门时，已经一步跨进了梦里，他不愿这么立刻又跨回来，在这道窄小脏乱的楼梯上再蒙一层现实的灰尘。

他要去哪里？他为什么不肯说话？他想就这样消失吗？一种莫名的恐慌，瞬间笼罩了王瑛，当她正要爆发的时候，修平似乎出于无奈地低声说了句，两天就回来，然后挤过她的身边，下了楼。

她站在那里，一时不知道该不该冲下去抓住他大闹一场，但她觉得很累,她坐在台阶上,买的菜紧贴着身子放下。只是两天,他不可能去找小小,他没法去找她。她不断地这样对自己说,但这本该可以让她放心的事实却一点都不能安慰她。

修平走进机场时,二十八天前小小的身影,那只小小旅行箱在地上滑动的声音,挤满了整个机场,挤满了他的里面,使他所有的器官都无法去感受她以外的事物。这些声音形成一个巨大的旋涡,而他正渴望着让自己被卷进去。

7

杨修平坐在红墙边的条椅上,绿漆有些斑驳。白玉兰花树像一个惊叹号。他习惯性地掏出手机,翻开盖子,愣着,许久。让这块小小的屏幕重显了一遍他们间的对话,最后是小小的一个字,是。

接着他该问她,为什么?当他把手指移向小小按键时,才想起已无法给她发短信了。他的手指就触在上面,从一个键移到另一个键,不舍得离开。

最后,他按了北北的电话号码,他和陆明都在北京,小小到北京不可能没见他们。修平知道北北他们都认为是他负了小小,离开学校后他们就没什么联系。

两年前,北北不知从哪弄到了他的电话号码,打来聊聊。原来他已不再写小说,开了家广告文化公司,不再是北北而是江海峰江总。下面雇了不少人,买版面、拉广告、给企业或大小款爷搞特写整自传、筹办各种展览、召集各种规模会议、拉各种赞助、颁发各种大奖……总之是无所不能,无所不包。

和杨修平联系当然是为了业务的事,他却很兴奋,毕竟北北是小小的铁哥们。但他却说不知道小小去了哪里,他每次来电话都很亲热,像是他的好哥们,就是从来不提小小的名字,修平也就不便提了。他知道他这样特意避开，是还在生自己的气，但他当初都没能向小小解释，现在又何必向别人解释呢？

8

江海涛胖多了，削瘦的诗人变成了圆圆的皮球。他看着坐在对面的杨修平，仿佛也就面对了校园中的一切，面对了自己的青春与梦。他呵呵地笑着，用手摸着自己滚圆突起的肚子。他的肚子被妥当地包在驼色薄羊绒衫里，铁灰色的西装裤在铮亮的皮鞋上隆起两堆裤管。

你倒还是原先的样子。他看着修平说。

修平身上是一件黑色的质地虽然很好，但式样却十分随意的运动款棉风衣，里面是铁锈红与黑色简单拼色的厚线衣，线衣圆口露出的T恤领子半边竖着半边的一角压在里面。

你还真不像一个报社总编的样子，怎么就没吃胖？呵，难怪小小会恋旧哦！若你成了我这样，你们恐怕就只会保留革命友情了。江海涛大咧咧笑着，隔了一桌酒菜看杨修平，心里有种说不清的怪滋味。

他没有想到他会主动提到小小，心里莫名其妙地有点紧张和兴奋，转而又暗笑自己的心态像个初恋的少男。你们见面了？他问了句废话。

当然。她能不见我吗？就算有一天她不再见你了，也还是会见我的，信不？这就是情人与朋友的不同。江海涛说着，不由地想到几周前坐在对面的小小，她好像根本就没注意到他的衣着和肚子。这既让他免了尴尬与紧张，但也让他生出一种失落。

当然信，你们是老同学又是好朋友。小小……她好吗？修平问得有点忐忑，他不知道小小有没有对北北说到他，说到什么程度。

瞧你这样！呵，她哪有什么事会不告诉我？你们的事我都知道了。当然，嘿嘿，也许她隐瞒了一些关键处。我就知道你会来，但没想到过了那么久，你这人说好听点是沉稳，说难听点是迟钝。

9

那晚他们喝了许多酒，饭后转到酒吧继续喝。陆明在酒吧门口等他们，他现在跟着江海峰干。他们三个人一走进去，就有不少领班和小姐来打招呼，说到几个香艳的名字，看来江海峰和陆明是这里的常客。

杨修平对这些当然不会陌生，工作中的往来应酬也是难免，他从来都对此不感兴趣，但也谈不上如何反感，可是今天他却觉得很不舒服。

他坐在包厢的沙发上，看着门口鱼贯而入的五六个小姐，看着妈妈桑殷勤的脸。陆明跑前跑后地替他们挑小姐，神情像是在菜市场，评论着青菜萝卜的质量，询问他们要哪个。江海涛坚持要让修平先挑，修平却坚持自己没兴致，让他们随意。

其实，他很想离开，但却怕今晚独处，他说他只是想喝酒。江海涛脸上有点暗淡，也就坐下拿了酒瓶给自己倒酒。陆明一时不知如何是好，他看了看小姐们对妈妈桑说不行，她们就走了。

谁知一会儿她又领来四五个，这样连续了几趟，实在是烦了，江海涛就对陆明说，随便吧。

三个女孩分别坐在他们身边后，他们之间的谈话就被隔断了。陆明和他的小姐在唱歌，唱得还算没走调，但没滋没味地像是在念社论。高潮时格外声嘶力竭一番，那些高分贝的声音在空中打闹了一阵，就尘埃落定了。

杨修平只是一味地喝酒，他不想说话，因为他怕在这里说到小小。他身边的女孩肤色白嫩，小巧的个头却结实丰满，显然很年轻，十分的年轻。她替他倒酒并努力把身子靠过去。他总是让开，他不想让她碰到自己，女孩的脸上就显出落寞，呆坐在他身边看江海涛和另一个瘦高的小姐掷色子赌酒。

海涛向这边看了一眼，就喊她一起去玩，她和修平便都得了解脱。

修平这才能安心地喝酒，想一想小小。这嘈杂的环境给了他一种奇怪的安全感。他在怕什么？似乎是怕一不留神就被这份情吸出了现实，似乎是怕一份让人陌生而又期待的真。

酒喝了，歌唱了，江海涛也搂着两个小姐一起摇摆了两段曲子。但他感到玩得很不尽兴，杨修平坐在那里独自喝酒独自在他自己的世界里，这让他突然觉得很烦，甚至几次气恼地看他，而他却全然不知。最后江总从皮夹里抽出几张百元钞，一人两张匆匆打发了小姐们。

屋里一下子静下来，三人各自喝酒。不再喝那种自制鸡尾酒，那是最近在酒吧里很流行的一种喝法：雪碧加进口烈酒，在桌上砸出闷闷的大响，让杯里的酒泛出气泡，热热闹闹地喝下去。

现在他们只是静静地灌啤酒，杯子里的啤酒朴素得像白开水。

你媳妇还在家里？修平终于打破了沉默，但却问了句不适合在此问的话。江海涛倒是没在意，随便地答着，在湖南老家呆着，她来干嘛？她不适应北京的。在学校当老师时间多，正好带孩子，又请了个保姆，我每月寄钱给他们。他看了看修平，说，这年头大家生活得都很实际，就这样还累着呢？哪像你们，闲扯……

修平知道他要说起他和小小的事，但他不愿在这里谈到此事，就站起来说，时间不早了，我们走吧。

10

他们向外面走的时候才发现已经很难找到身体的平衡了。

江海涛挥了挥手让陆明别管他们先走，然后敞着衣服走进夜风里。回头见修平的脸上明明地写着烦恼与痛苦，想到它们也曾同样写在小小的脸上让他面对，他不禁问自己，我还会像他们这样自寻烦恼为爱情痛苦吗？他自嘲地笑了笑，感到青春和梦真的连一丝影子都没给他留下。他现在谁都爱不了，爱不了妻子也爱不了别的女人，他对爱似乎失去了感觉。各种女人从他身体下面经过，她们什么都没有留下，反而带走了一切，带走了心灵的感觉，甚至带走了身体的感觉。

我现在谁都爱不了了——

江海涛的话寂寞地游入夜色，悬浮着，久久不肯消散。

杨修平想说点什么，却被他断然地挥手止住。他把胳膊在空中挥动着说，你不用说什么，不用！你也别一副与我不同的样子。我知道，我是堕落了，是污秽了，是麻木了，整个一行尸走肉。那又怎么样？……

冷风吹得他胃里翻涌，他跑到旁边呕了一阵，把嘴擦净又走回来，将手臂搭在修平的肩上按下他召出租车的手。不急叫车，我们走走，他妈的，我想走走！我跟你说，这个世界上没有干净的人，没有！你干净吗？他把头在修平的胸前顶了一下，修平也觉得酒性越来越涌上来，街道像是一堆碎玻璃片。

不干净！

江海涛的手臂用力地一挥，从修平肩上滑下去，他一时间失去平衡，向前踉跄了几步。回头来拍着自己的胸说，这不是我的错，我能怎么样？这个世界都醉了，你能一个人醒着？醒着干吗？让人讨厌？我也想干干净净，也是有梦的……但……

他突然清晰地看到了那些抄在小本子上的诗，还有年少的自己，但他摇了摇头，把这些影子扔出去。

……我没法干净！你看这个社会，有干净的地方吗？完了，全完了。没希望，脏透了！我这样的就算有良知了，你不信？他一屁股在路边坐下,眼睛看着自己竖在面前的巴掌,依次弯下一根根手指。我,养家。我没有找情人。我给他们钱,不光是给每月的钱,老婆孩子想要的我都给买。你以为在北京挣这钱容易?但我不想跟他们说,女人嘛!我没有离婚,也永远不会离婚。我没有让老婆孩子难过、惊怕。他们过得很开心。应该够了吧?……

他像是在自言自语。杨修平坐在旁边听他说。

许久,江海涛像是酒醒了,站起来说,你该回去睡了。他把手在修平胸前拍了一下,别让我带坏了你,小小要找我算账的。杨修平比他大了好几岁,又一贯是大哥的风范,还从没有人这么对他说话。但他不想说什么,只是沉默着,江海涛的话让这个夜晚格外沉重、郁闷。

一辆出租车停在他们身边,江海涛坚决要杨修平先上车,说自己酒已经醒了,没事。修平正要上车,他又按着他肩头轻声在他耳边说,你们纯属自寻烦恼,做个情人嘛,多好!在一起时开开心心,要做什么就做什么,只行动不思想。不在一起时各过各的生活,既不伤人也不伤己。别把事弄得麻烦了,对人对己都没好处。

11

汽车飞速地在黑夜中滑行,杨修平甚至有那么一瞬十分地羡慕江海涛,他觉得自己只会把一切弄糟。或者糊里糊涂地好着,或者麻麻木木地坏着,"认真"好像真的成了生活的毒药。

不敢真,不敢深,不敢做个有情的人。

是不是有首歌里这样唱过?他记不清,或许只是他自己的歌吧?汽车经过广场,上面空无一人,红墙和白玉兰都隐在黑暗中,路灯木木然地亮着,他还是禁不住去想远方的她。

第三枝

1

　　秦小小像只小鸟回到金丝笼中，但她无法像小鸟般单纯地渴望外面的生活，单纯地渴望飞翔。她恍惚于这婚姻是关她的笼子，还是载她翱翔的飞行器？

　　当她看着自己的双手在键盘上飞动时，她不知道它们是刨食的工具还是飞翔的翅膀。

　　哦！……飞翔？

　　她不知道要往哪里飞，不知道怎样是飞，她怀疑自己会把污浊中的滚爬当作"飞"。可是她仍渴望飞，虽然无法给予"飞"一个切实的定义。

　　这几个星期她上午写作，下午去心理辅导中心上班，有三个案例都是婚姻濒临破裂的妇人。

　　妇女心理辅导是小小在美国的副业，写作算主业吗？更像是梦。

　　几个星期中她被她们的眼泪淹没着，每一句安慰她们的话都像鞭子般抽在她自己的心里。她自己不断地被角色充填取代，成为愤怒又凄然的妻子，成为正义道德的代言，成为母亲般的安慰者。没有一丝理由和胆量做她自己，一个不尊重婚姻的人。

　　我真的不尊重婚姻吗？"婚姻，人人都当尊重，床也不可污秽,因为苟合行淫的人,神必要审判。"过去小小曾经喜欢这句话,心里怀着一种骄傲与欣慰,不由地赞美、庆幸自己的婚姻。然而,今天,她成了苟合行淫的女人。

那个夜晚是美丽的,他们彼此的向往是真实的。她无法抹去那个夜晚,她舍不得抹去那一夜的记忆,舍不得向杨村旧屋中的他和她转过身去。但她能心安理得地接受那个夜晚吗?

也许,她可以怪罪于命运。也许,她可以推诿于人的本能。也许,她甚至可以顺着里面的情欲,去占有,去毁坏,去模糊自己的良心。但无论如何,事实上,她玷污了婚姻。

小小的心却不想躲开这句审判似的话,反倒比任何时候更喜欢这句话。这句话向她发出从未有过的真实光亮,鞭子般抽打她,堵截她的逃循。她不能回避这责打,甚至依赖这鞭责之痛,她宁愿选择痛,而害怕麻木。

然而,当她刚刚充满同情地送走一个哭泣的妻子之后,当她一边在给某个丈夫打电话义正词严规劝之时,当她因自己的罪几乎要跪下去求上苍赦免时,当她被圣洁的光照得无处逃避时,她的眼睛仍忍不住地去看电脑屏幕,看有没有他的来信,看那一行或两行的字。

这些日子,小小觉得什么审判都不可怕,最可怕的就是这样被自己审判且不得拯救。

她想起小时候看过的一幅漫画,一个小女孩站在一张小板凳上,一只手像翅膀似的扇着,一只手拉住自己的小辫往上拎。旁边有行字,外婆教她念:自己不能救自己。

孩子的她印象很深,每天都有无数的事让她觉得自己救不了自己。后来长大了,对这句了不起的真理便一笑了之。今天,她仿佛转了一圈,重又面对着这个事实。"长大"似乎只是个虚幻的过程,一瞬间就蒸发了,什么都没有改变。真理没有改变,生命本质的软弱也没有改变,她还是不能救自己。成熟的理性、道德的修养、文化的熏染、知识的哲思，甚至宗教的约束、权衡利弊的聪明，一切都显得无力，无法将她拉出这旋涡般的情欲。这一切并不能伸出救她的手臂，只能伸出指责的、定她罪的指头。

她很想跪下去，在心灵中跪下去，去祈求那个愿意赦免人的神。她不是不知道他，她对他的知道也不是来自于每个周日跟丈夫去教堂，她只是出于一种生命本能的感应知道他。然而，她能跪下去吗？她可以向他祈求什么？

她没法真正下狠心来恨恶自己对修平的爱情。不错，这是一段婚外情，并且已经超出了情的范围，形成了事实上的背叛。

小小让自己撇开那些感觉中的美丽与深情，面对着客观的事件本身，罪与背叛，谎言与伤害。然而，她无法设想救赎者如何从旋涡中救出自己，抹去自己对修平的记忆，让这爱瞬息消失不留痕迹？她无法祈求这样的拯救，更无法相信一切已经形成的破裂能完美如初。

2

又是一个礼拜日，小小躺在床上，浑身发冷。目光穿过卧室右侧的拱门，看着丈夫柳如海在镜子前梳洗，他仔细地刮着胡子。

小猪猪，还不起来？快来不及了。他一边在衣柜里挑衬衫和相配的领带，一边喊小小起床，见身后没动静，就回身来弯腰亲她。

秦小小现在有点怕他亲她，特别是在周日。为了他不再继续这样亲她，她赶紧起床。放大水龙头洗澡，在急急的水流中，小小几乎要哭出来，因为她又感觉到了修平在想她，在触摸她。

这种感应令她非常烦恼，他有空并适合想她的时段往往正是她不适合被想的时间。有一次她打电话对他说了这烦恼，他却不理解，在中国的环境中，这样远远的意念相应的婚外情几乎可算是洁净而美好的了，修平现在心里有时甚至有种悲壮，为自己感动。

小小发现无法让他理解自己的处境，于是就再也没说什么，有时甚至会悄悄地享受甚至渴望这种抚摸。

但今天不同。今天是礼拜日，是去教堂的日子。美国大部分人周日都会去教堂，穿着他们最好的衣服，领着打扮得像天使般的孩子，一家完完整整、体体面面地去教堂。

秦小小过去曾鄙夷地对John说，你们美国人的道德，集中体现在去教堂的那两个小时中。他只是笑着说，有总比没有强。其实，上教堂前夫妻最容易吵架，但还是会穿戴整齐了去。

回来就不吵了？小小反问着，心里却知道自己只是喜欢在John面前挑美国人的错。

小事就不吵了，大事还是会接着吵。

他从来都这么诚实，让她反倒有点尴尬，其实她心里是欣赏美国文化的，这种文化并不是在中国时了解的好莱坞文化，而是一种清教徒文化。虽然商店都九点关门，周日关得更早，这让她无法接受，总是笑话美国是个大农村，但那些傍晚和孩子、妻子一起散步，周末在院子里除草的普通丈夫们总是让小小十分感动。

最近，每当她看到他们，都不由地会想到修平，想到深夜中国一家家饭店、酒吧中应酬或消闲的男人们。有时她会在中国时间的深夜给修平打电话，他大都在开会、工作、KTV包间、洗浴中心、酒桌上、晚会上……小小发现其实自己并不能接受现实中的修平，除非她回到中国，和他在一个环境中。

小小洗了很久，却总觉得没有洗干净，他的思念似乎一遍又一遍地涂在她刚刚冲干净的身子上。丈夫又在催她。她迅速地穿好洁净整齐的衣服后，却在出门前完全失去了力量。她无法这么体体面面地去教堂，无法去面对那一大群也许和她一样，但至少看不出污秽的干干净净的人们。她没办法。最近她总觉得自己像是赤裸行走的污秽女人，她甚至恨John的熟视无睹，她不相信他看不见。

她记不得自己说了什么谎话，John独自出门了。

3

小小听着车库的门开启，又关闭，转身急忙换掉了身上粉色的套装。带着夜淡淡的混浊气味的睡衣让她轻松了些，她倒在沙发上后，却发现修平的思念已经不在了，他应该是睡了。

秦小小不知出于怎样的心思，也许只是礼拜日的习惯吧，随手从茶几上拿起一本《圣经》。他们家和许多美国中产阶级人家里一样，到处都放着各种版本、装帧各异的《圣经》，包括每个卫生间和厨房。

她信手翻开时读到一句熟悉的话："耶和华说：你们来！我们彼此辩论。你们的罪虽像朱红，必变成雪白；虽红如丹颜，必白如羊毛。"这话仿佛是直接对她说的。

我能来与你辩论什么呢？良心明明已经定了罪，一切的语言和狡辩都如无根的荒草，一夕生发蓬勃，一夕枯黄死去。但是我能做什么呢？你并不肯安排我没遇到他，也不肯现在拿去我的一部分记忆，不肯割断将我们越缠越紧的情索，甚至你允许这种奇妙的感应发生在我们中间，使我即使逃得那么远，仍不断地犯这淫乱之罪。

这是罪，但这是我无法摆脱的本能，如果我的本能充满了罪和污秽，那我又能做什么？只是坐在自己的黑污中倾慕洁白吗？或者唯一的拯救就是忘记洁白，忘记真理？她这样胡思乱想着，心情十分矛盾。

外面的阳光很好，但秦小小却觉得自己一直在往幽暗中坠落。美国教会信徒中的离婚率一点不比社会上低，这个事实并不能帮助她释怀，只能让她更绝望。她珍惜柳如海，珍惜现在的婚姻和爱，但谁能帮她回到再见到修平之前呢？

她是真的后悔打那个电话，她也后悔十多年前那个晚上与柳如海的做爱……但她回不到任何一个从前，她只能呆在此刻，一切都破碎混乱的此刻。

小小觉得自己曾经认识了一个审判者，此刻却需要一个为父的；曾经知道着也追求着定罪的真理，此时需要的却是拯救的真理。她不能确定它们会存在，只能是期待。

柳如海打电话来，说诗班要练唱，问她身体怎么样，要不要自己请个假回来。小小忙说已经没事了，只是想睡一觉，让他别那么早回来，最好练完唱后去买一下菜。通常他俩都是周末去完教会后一起去买菜，碰见熟人，就笑他们是连体婴。但这些日子以来，她都害怕与他成双成对地进出，怕那种完美幸福的样子……

美丽的晚霞，渐渐染满远处绵延的山峦。皱褶的谷峰与谷峰间，反射出层层叠叠的七色，和谐地统一于淡紫橘红的色调中。

疲惫挣扎了一天的小小，突然觉得可以对自己放手了。

壮丽宏大的自然景色，仿佛一只巨大的手，托住了她，让她可以放弃毫无意义的自救。

似乎可以略略地安静下来，听凭时光带着她流向前面。

虽然她里面的人性与外面的婚姻都是何等危险地坠落着，坠向彻底的破碎，但她决心停止无谓的挣扎，也停止自我诡辩，专心等待命运，或许"真理"会从静默中渐渐发出光来。不仅仅是审判之光，更是拯救之光。

如果它真的存在，并有生命，并有能力，而不是一条冷冰冰刻在铜板上的法律。

秦小小必须等待情感与真理的合一，如果它们不能合一，那么无论外面事件的结局如何，她的生命都是分裂的。

4

美国的生活是宽容的，既宽容那些在曼哈顿街道上行色匆匆的人，也宽容那些需要在静默等待中倾听生命奥秘细语的人；既宽容那些酒吧中醉生梦死渴望一夜耗尽人生的人，也宽容那些享受着田园般缓慢生活，把死亡当作一次睡眠的人。

一切都只在于你自己的选择，然后理所当然地需要你去承担自己的生命与生活。没有人可以归罪于一次运动、一段时期或是一个领袖。

秦小小一直享受着这种文化所带来的从容，但最近这段时间她才自觉地生出份感激，也生出份沉重。

……

美国已进入一年的节期，到处都是喜气洋洋，单纯的兴奋与愉快。我确实挺喜欢这个国家，特别是这里的人，但在心的深处我还是热爱中国，虽然这爱含了许多眼泪和痛苦，但却是魂牵梦萦。

……

小小在电脑上随手写着信，不禁想着中国，那里的情感与文化把人绞扭着、催逼着、挤压着，混乱的痛苦与幸福。她不欣赏它，但它也无须她的欣赏与认同，而是如血缘般地占有着她。

她常常这样轻松地给修平写信，写一些随意想到的句子，但并不会发出去，甚至也不保存。那些句子从从容容地出现在屏幕上，与她聊一会，然后就简简单单地消失了。

柳如海在家的时候，小小一般不会给修平写信，甚至希望自己不要想到修平，她觉得这是对丈夫至少该有的尊重。但有时半夜醒来，在她还来不及控制自己思维的时候，她会面对修平的眼睛。那双眼睛似乎始终没有离开过她，总是那种情深以至无言的痛楚，总是那份探询又迟疑的忧伤。

　　丈夫如海与她之间仿佛也生出了某种出于本能的感应，每当她想念修平的时候他都会感觉到。若是白天，他会有意识地回避，留给她一个空间，但在夜晚的睡眠中他就会出于本能地来抱紧她。丈夫的怀抱温柔而执着，他睡梦中的亲吻让小小觉得即使是在意识中也不能怀抱修平的目光，她只能放开这目光，放开修平的名字，让它们像烟雾般渐渐散去。

　　最近秦小小特别频繁地渴望与丈夫做爱，渴望他深深地进入自己，需要他大山般的身子覆盖她、埋葬她，让她不再能看到修平，不再能感觉到修平。但性欲远远超过中国男子的John最近却不知为何，不太热衷于做爱，他只是喜欢抱住她，整夜地抱着。

　　那些夜晚，她在丈夫的怀抱中，一动不敢动。他的爱，丝丝缕缕地渗过来，无声无息地涌进来。她感到自己与修平今生没有可能，若是有来生，也还是没有可能。幸亏人只有一生，不必反复品尝早已注定的命运，不必再三地经历无奈，进入"智慧"。

5

　　忙碌跳跃的节期过去了，各家门前的圣诞装饰陆续收起来。在这个半年夏季基本没冬天的地方，节期一过就算是冬天过去了。

　　晚上已有了初春的清新，柳如海和小小坐在后园里，黑色的铁艺桌上摆着一壶茶和两罐可乐。非常中国化的他在饮品上却是标准的美国人，但他欣赏茶，尤其喜欢看小小喝茶，喜欢为她泡壶茶，且要好茶。小小笑他既然不爱喝茶又哪能知道好坏，他则说好茶的香气、百转千回的味感他不仅闻着，且从小小身上脸上感受着。他说小小是个能体现并传达茶的女人，看她喝茶便觉得亲近了茶的灵魂，反倒比自己胡乱去喝好。

此刻,他正欣赏着茶中的小小或是小小中的茶。小小如通常般安安静静地被他赏阅着,心里却不由地起了一种烦乱。大多数时候她会很幸福、满足地被他欣赏,这难道不是一个女人一个妻子最大的幸福吗?但也有不少的时候,她会突然觉得在这种目光中,她已不是她了。她成了一种文化的代表,成了茶,成了画,成了一句中国的诗,成了一个东方的女人,甚至就成了"东方"。那么大的一件件古装戏袍子,里面的她还在吗?

她需要对美有种叛逆,然而,她又不得不承认自己依赖着这种美,仿佛肉体依赖着衣服,或者说习惯着衣服的遮蔽?

情欲,是什么?……

小小看着远处沿墙开放的玫瑰,以及角落的一株很大的美人蕉,它们在黑夜里充满了蓬勃的自信。这种沉默的"自信",较之白天的张狂更有一份放纵,似乎没有明天。

……若死人不会复活,我们就吃吃喝喝吧!因为明天要死了。小小随口自语着。

6

对于小小跳跃的思维,丈夫柳如海从来不曾感到困惑,他从来没有觉得有必要去询问一下中间省略的路径。他好像不是在与她的语言交谈,而是与她的思维并肩散步。也许这就是为什么他会成为她的丈夫,柳如海相信一个男人和一个女人成为夫妻就是成为一体。

情欲出于肉体。他很简单,但十分确定地答道。

柳如海为妻子杯中续了些茶,虽然这些非柴米油盐的话题是他们夫妻间常谈的,今天他心中还是闪过了一下杨修平,小小今天的情绪渗入了太多的情感因素。但他让这想法仅出现一瞬就轻轻滑过去了,他还是将她的话视为纯粹的理性探讨,出于一种本能的尊重不去窥视、进入妻子的私人空间。

秦小小十分欣赏柳如海骨子里的绅士风度,她知道他对自己的了解与敏感,因而更是惊奇于他的相敬如宾。有时自己的某扇门只是虚掩着,他却不会擅自闯入,只是在门外让你知道他愿意进来。许多时候,她不愿意让他进来,她常常觉得很挤,这个世界处处都挤,外面、里面、肉体的、精神的,甚至梦,甚至思想。她觉得需要一点空间,一些安全的距离,不仅需要身体上的距离,也需要精神中的距离,她无法与另一个人成为一体。

没有肉体,人还有什么呢?小小这样问的时候,真是希望人没有灵魂,希望一切思想和情感都可以看作虚幻,看作花谢花开,看作草发草枯。

灵魂。柳如海的答案是意料中的。

没有肉体的灵魂能飞翔?还是有了肉体,灵魂才有了实实在在的翅膀?

小小仿佛只是在问自己。这一刻,她陷入一种迷茫,但这迷茫的背后却是一份可怕的真实,她希望有理由否定灵魂的存在价值,否定灵魂与飞翔的关联。人如果只有肉体该多么简单,多么容易对自己的生命诚实。

院墙影子里的美人蕉,似乎泛亮了一瞬,它在亮中被风微微摇晃。小小看见了,但她只想认为那是月光从云的缝隙中射出的一缕。离开了那片土地,她没有再遇见过她。她还坐在那根树枝上吗?谁会走到树下,抬头看那朵开不败的玉兰花?白色,丰厚。

我想……如果肉体掌控了灵魂,肉体就成为囚室;如果灵魂驾驭了肉体,肉体就成为飞行器。你说呢?

如海一边说一边把可乐罐里最后的一点倒置着滴进嘴里,并顺手捏扁它,发出金属的响声,脸上仍旧是明朗的近乎单纯的笑容。这令他原本有点像说教的话变得诚实而柔和。

7

　　小小看着他的样子突然就笑了，想想自己一直反对他喝可乐，正当理由是对身体不好，其实是觉得无法接受他喝着可乐说这些话。柳如海笑她对可乐有偏见，说难道只有茶文化的国家才有思想？

　　你可以喝白兰地或是咖啡。

　　他知道她在想什么。柳如海觉得妻子小小实在是个有趣的女人，连她在小事上的执着，也像孩子般充满奇妙的童真与浪漫。

　　天上的星星疏密适度，清晰却也不过分地亮。不知道上天是怎么给自己从茫茫人海中预备了她，并领到他跟前，将她被造的各样矛盾而又融合的奇妙与有趣展现给他。柳如海常常为小小感谢上苍，他不明白许多丈夫为什么不能欣赏妻子，女人是何等美妙的一种被造。

　　小小也随着丈夫在看天上的星星。你会看北斗星吗？她问。

　　是这个吧？你看勺把……

　　没有七颗！是那个勺。

　　不对！这指向南边了。

　　可能是美国和中国正颠倒吧？

　　……哈，你不懂还装。

　　你也不会看，我奶奶会看。

　　我祖父也懂。

　　他俩笑作一团。突然，小小对着繁星说，我不是个好女人。

　　瞬间的寂静，她觉得满天的星星都挪位了，像溜冰场上的人。

　　女人不是用来评比的。柳如海的声音显出份非常温柔的安慰。

　　你真的都能理解我吗？这句话出口后，她觉得自己很无耻。

　　她仍然仰面向着清亮的夜空，心里有份寂寞，自己此刻的内心能要求丈夫理解吗？对修平的爱，对情欲的无法抗拒，罪，她要他理解吗?她自己应该理解自己吗?还是宽容?"理解"和"宽容",此刻,在她的心中对这两个词,有着些莫名的轻微的排斥。觉得一个透着虚伪一个带着隔膜。

柳如海没有回答,他起来拉了她回屋,说茶具就留着明天收吧。他们关了灯和音乐上楼时,他始终拉着她的手,在楼梯转折处,他说,我并不能完全理解你。然后他停下来,转身看着刚到他肩高的妻子,说,女人也不是拿来理解的,而是拿来爱的。

他继续拉着她的手走上二楼,一边走一边轻声对她说,我爱你。小小在这一刻几乎要被他的爱融化,然而,她里面的自责像一颗不能消融的硬核,丑陋地存在着。她感到锥心的痛……

8

那天晚上,她躺在丈夫柳如海身边,目光盯着墙角一只萤火般微亮的夜视灯,仿佛是看着一颗遥远的星辰。它被越看越远,距离中充满了寒冷。它被越看越真切,真切得让她四分五裂,终至成为虚无。

小小的心灵与肉体,都清楚地感受到与身边的丈夫是一体的,这种一体已经成为无论在物质还是精神层面,都可触可摸、无法否认的存在。在这个一体中她找不到秦小小,找不到她自己,也不能将一个柳如海或是John分别出来。

可是,她却仍然在这事实的一体中挣扎着,不肯安息,仿佛是不肯真正地失去自己,她无法独立出来,便只能在这一体中,痛苦并自责地想着修平,想着那如遥远星辰般的爱情。但她却无法离开与丈夫的一体,去跟随自己的思念。这不仅仅是身体。

思念和爱情都无法把这个女人带出婚姻的一体,她想把柳如海放置在这份痛苦、浑浊的感情波澜之外,也同样不可能。她能感受到他正与她一同经历,并不曾走开一步,不是指责不是旁观而是一同承担。

无论出于自尊还是出于自责,她都不想接受这种一同的承担,然而她无权拒绝。

9

我是一个坏女人。你对我那么好,我却在一个完美的婚姻中想念另一个男人。我觉得自己的本性就是淫乱……

小小仰面躺在洁净平整的床上,声调平静地说。她感到自己此刻心中的冷酷,既是对自己,也是对爱她的如海,但这冷酷却能带给她释然。

上空的屋顶仿佛消失了,夜空,甚至整个宇宙敞亮在她身体与灵魂的上方,那样浩瀚而洁净,那样诚实而童稚。她的眼泪不停地流下来,第一次,坦然地向自己也向这童真般的宇宙自然裸呈。她因着对自己浑浊的真实承认,而忽然间可以坦然地面对真正的圣洁,不是人所表现的圣洁,而是大自然呈现出来的圣洁。

多么不可思议,她在这样的一个情形中,反而可以坦然地面对圣洁,理解圣洁,倾慕圣洁。

如海。小小知道他也没有睡,她把手轻轻握在他的手上。我已经祈求把这份感情从我心里挖去,我想回到从前干干净净的时候……我能忘记他吗?

他也仰面躺着,没有改变睡姿,只是将另一边的手伸过来在她的手上轻轻拍了拍。也许你一生都不会忘记,其实也没必要忘记,人不是一部不断改进功能的机器。不要太自责了,慢慢来吧。再说,哪有人是干干净净的?不是这份感情或这个人让你不干净,而是它让你看见自己原本就有的真实。

但是,你样样都很好。小小说。他的好使她觉得彼此疏离,她想他是不能明白的。

柳如海侧过身来，用手捏了捏她小巧的鼻头。你千万不要这么想。哪有完人？你若这么看你老公，一定有一天会彻底失望。

总之，我觉得自己比大部分女人都坏。

小小甚至想对他说到杨村的那一夜，但一来她不忍心对他说，二来她还是不肯把那一夜真看成污秽。

柳如海没等她继续说下去，就笑了笑，只是笑声的尾音隐约有些苦涩。你只是更多情了点，我既然爱你的多情，也就该承担它。上天给人的任何一个特性都可以成为美善或罪恶的温床。看我们如何选择、如何对待、如何经过。

对不起。小小侧身来看着他。我还没法过去，我怕过不去了。

没关系，夫妻本是一体，我们应该一同经过的，也一定能经过。哪有不经过波折的婚姻呢？

但我对自己没有信心。小小想着修平的眼睛，这目光使她像艘失去舵的船。

那就对我有信心吧！我是一家之主，这婚姻的舵是我在掌，若失败是我失败。睡吧。

小小不明白自己的丈夫是个什么样的人，他似乎是个典范的男人，这完美却令她无法把他当成自己的男人来爱，甚至令她有躲避的、远远逃开的心。但丈夫的肩膀毕竟是宽厚的，气息是熟悉的，小小竟然就这么安静地睡着了，呼吸声轻微得仿佛没有。

柳如海却不能入睡，他心中不由地冒出个声音问，他们做爱了吗？但他没有让这声音一直问下去，他竭力地去捕捉小小细微的呼吸，他觉得自己非常爱她。

柳如海其实只是 John，不管他对中国文化如何熟悉、欣赏，但他仍无法成为中国人。他完全没有像一个中国男人那样去想为什么要爱小小，而是爱了就很兴奋、很喜悦自己爱了，并认认真真地全然爱一场。

他想到当初自己爱上这个女人并最后娶她为妻时，是决心一生来呵护、遮盖她。上天把一个女人赐给他，难道是赐给了他一份指责审判她的权利吗？只有圣洁才能审判不洁，他自问自己的良心并不纯净。那么上天把一个女人赐给一个男人为妻，岂不是赐给了他一份去爱她，替她承担罪过的权利吗？

这个夜晚余下的时间里，柳如海悄悄起身跪在床前祷告。床上，小小躺在一份安宁中，没有梦打扰她。

直到黎明，他才躺回她的身边。她脸上的轮廓被渗入窗帘的晨光染亮了，他望了一眼这个自己渴望去保护遮盖的女人，安然入睡。小小对丈夫这一夜所做的完全不知情。作为男人，柳如海并不需要自己的女人来明白他的爱，他只欣慰于她能享受他的爱。

第四枝

1

　　报社的工作最近出奇顺利，几篇重头专题报道在全省，乃至全国都引起了不小的反响。

　　销量一上去，广告自然也是纷拥而来。上个周末报业集团成立，月底报业大楼就要开工，无数的文件、洽商、会议。杨修平事实上已经不是一个报社社长，而成了个集团的领导，大部分时间不在考虑报纸上的文章，而是在做各种各样莫名其妙的事。

　　按正常来说，以杨修平的性格对此会有一种知识分子式的思虑，会不适应，反感，甚至会在这种陌生的繁忙中失重。然而，对秦小小的思念充满了这个中年男人的心，他无法想别的，也无法在乎外面的变化。

　　他的智慧与才能都本能地越过他的思维，应付处理着外面的一切。在他自己，只是觉得像被一条飞速运行的输送带载运着，心完全沉浸在对遥远的思念中，不在乎肉体的生活会被带向哪里，不在乎前面是否是毁灭。

　　然而，杨修平这游离般的心态，他的不在乎正好克服了他性格中的犹豫、软弱，帮他撇开了知识分子在变革中常有的徬徨与无益的情绪波动。

　　这几个月是他事业最成功的几个月，这中间的日日夜夜修平都在真实地忙碌着,他没有对妻子王瑛做任何解释,只是很舒心于这份忙碌,他可以理所当然地深夜回家,甚至不回家就在办公室睡一会。

2

  王瑛从报纸的报道中看到了丈夫的成就与繁忙的原因,她便安静下来,理所当然地认为那个女人的事已经过去了,她开始感动于这个男人的拼命。他这么干,当然是为了让这个家过得更好。
  她越来越崇拜这个最近常常被电台报纸采访的男人,虽然他很少回家,更是几乎没有精力和时间与她做爱,但每次她看着躺在身边的丈夫,都不由地感到幸福,甚至对这种幸福有点受宠若惊。
  王瑛知道自己无法去理解这个男人,无法进入他的思想与他共鸣,也无法给他什么帮助。但她爱他。
  当他睡在她身边时,她常常会半夜醒来,睁眼看着他,将手掌轻轻地贴放在他起伏的胸上,她很想把脸贴上去,但又怕把他惊醒。王瑛那一刻的温柔与爱是杨修平永远不知道的,她自己都不知道为什么天一亮,她就失去了表达温存的能力,就会自动地用一种世俗包裹自己。
  她只会问他钱是否更多,什么时候能分套更大的房子,谁谁的小孩进了私立贵族幼儿园,家里该给小平买台钢琴,但又没地方放,等等。她觉得这些才是家里夫妻间该说的正常话。杨修平的脸上并没有一丝厌烦的表情,只是笑一笑说,随你。然后,就又匆匆走了。
  王瑛有时晚上坐在家里发愣,她想着丈夫最近越来越疲惫的样子,他充血的眼睛中有一种茫茫然的迷糊,她隐约感觉到他心里那份寂寞与孤独。虽然她并不理解这孤独,她还是很想走进他的心里去陪他，但她在这个已经做了她近十年丈夫的男人面前，始终有份自卑和怯懦。她不敢冒然走进去，也觉得走不进去。

特别是秦小小的再次出现……她不知道她现在是什么样子，但她想象她很完美。至少她知道他爱她，也许他从来没有停止过爱她，她越来越觉得他俩会相爱是极自然的，过去会，十几年后的今天会，将来？将来也会吧？想到他们会一直这么相爱，她对将来充满了惶恐。

王瑛常常不由地想起过去自己看到的一幕又一幕，她不知道自己当初怎么有勇气，为什么会不在乎修平的心思去把他抢过来。并且，在后来的一些年月中，每次修平找不到小小，她都能在他的痛苦面前开心，得意于命运对她的眷顾。

过去，她不在乎他痛苦，甚至觉得有理由怨恨讽刺这种痛苦，然而现在，她犹豫了。无论这个女人当初出于怎样的动机要嫁给他，当她成为他妻子多年后，她很自然地开始心疼她自己的男人。她见不得他痛苦，不愿意看到他郁郁寡欢的眼神。但如果让她重新选择，她会祝福他们吗？恐怕还是不能。她的生活，她的幸福都需要这个男人。

她甚至觉得可以允许丈夫悄悄有个情人。那么多年来，她没有看见他真正快乐幸福过，他的眼中总是有一抹藏不住的忧郁寂寞。只有几个月前的那几天，他的眼睛里跳跃着一种火苗般的喜悦，爱情单纯明朗得无法掩饰。事实上，她觉得他根本没有为了她的缘故去遮掩，这令她愤怒并感到委屈，她采取了大吵大闹的做法，她甚至不惜使用儿子来让他痛苦。

现在，她看着他，看着他的消沉，最近他瘦了许多。她不由地劝自己，如今有本事的男人在外面大都有女人，也算是松散一下紧张的压力吧。她甚至希望他也有点逢场作戏的事，或者有个小情人。这样，丈夫目光中的忧郁痛楚也许就消失了。

但那个人不能是秦小小，因为她总觉得她会把他完全夺去。

而自己离开了修平该如何生活下去呢？儿子小平怎么办？如果这个男人要离开她才会幸福，那她还是宁愿他忧郁着吧。这是自私吗？

3

　　杨修平对妻子的心思完全不知道，他也无法拿出一点清楚的思绪去想她在想什么，他甚至没法去想孩子，没法去想任何的事。

　　杨修平一直是大家心中很正派、很有责任感、稳健的成熟男人，他自己也这样认为，并有意无意地让自己越来越符合大家心目中的标准。然而，他现在在心中一点都找不到他的道德与责任，它们消失得无影无踪，他里面充满了自己的痛，自己的感受，自己的欲望，充满了少年人轻率的疯狂。

　　仿佛他又回到了车祸醒来的那一刻，他只想要小小，只想每一分每一秒都抱紧她，害怕生命留给他的时间不够与小小相拥。修平不停地想到若死亡突然临到，而他却没有抱她在怀，他的眼睛不能盯住她的脸，也不能被她注视着，甚至可能记不清她，那将是何等可怕的孤独与寒冷。

　　这中间，他的理性其实也仍然坚固地存在着、延伸着，就在近旁，与他情欲的烈马并行着。只是与他无关。一切的"应该"、一切的"可行"、一切的"值得"，都端端正正地显明着，只是与他无关。他也曾想让它们伸手抓住自己，从马上揪下来，但它们只动嘴不动手，袖手旁观。

　　自己为什么要这样渴望她？杨修平想不清楚。但有一天，他呆坐在办公室，人累得脑子一片空白，灵魂像是从空脑子里飞出去的一片微小的云，缓缓地向着大玻璃窗靠近，窗外是晴蓝的天空，云朵明亮而安详。

　　那小片云极缓慢地在空中移动着，依依不舍地看着他，似乎等他问点什么，它想和他说话吧。他却只是静静地看着，他不想留住它，他想看着它顺利地穿过玻璃，然后融入天空中真实的、被太阳镀了金边的云。

终于他不能看着那云朵，他必须仰靠在椅背上，让那滴泪流回去。那一刻，他想到小小其实是他的云朵，是窗外天空上的云朵，是被太阳晒热、照亮的云朵。

4

随着时间一天天的过去，杨修平越来越想不明白自己怎么会又一次放开小小，怎么会让她走掉。

杨庄的那个晚上，他抱住她的一瞬怎么可以就这样流逝呢？为什么不停在那里，他们难道不能永远住在那里吗？或者去更远更偏僻的地方，去一个可以忘记他们是谁的地方。

他在心中疯狂地厌恨融在自己意识，甚至潜意识中的"文化"，他渴望是一个荒蛮的男人，把心爱的女人抢上马背，随着天上的云儿游荡。但谁能在自己这个坐在办公桌后、深思熟虑微微发福、人到中年的领导身上看见里面的疯狂呢？谁能允许这份疯狂破壳而出呢？

深夜，杨修平坐在办公室的电脑屏幕前，打开email，他想把所有内心的疯狂都倾注在上面。但最后，屏幕上只留下了5个字：小小，你好吗？就这样发出去吗？他的手指轻轻抚摸着那个键，总觉得这几个字一点都没能带走他心中的痛，相思仍浓厚沉重地压在心上。但此刻，心中却失去了语言，仿佛只有你好吗这三个字。于是，他只好把这三个字又写了一遍。

小小，你好吗？你好吗？

5

　　这行字只用了几秒钟的时间，就跨越了可以让相思绝望的距离，穿过昼夜与海洋来到地球的另一边，呈现在小小的面前。这种近乎荒唐的速度是会让人更有盼望，还是更绝望？谁能说得清。

　　小小面对着这行简单得不能再简单的句子，却仿佛面对一道打开的闸门，猛然间承受着汹涌而来的情感。这行字后面所有的呼唤、所有的疯狂、所有痛苦的思念、所有痴情的关切，都在倾刻中扑过来。

　　小小，小小……她听见他心中不断回荡着自己的名字。

　　他的渴望似乎穿越了所有相隔的距离，把她的脸捧在手心。他微红的眼睛在问她，你好吗？他疲惫的心也在问她，你好吗？他甚至在用整个生命问她，你好吗？仿佛"她好"就是他生命所有的关切与意义。

　　不好。

　　当小小看到自己写下的这两个字后就决定删去，但它们是那样诚实直接地从心里蹦出来，还带着心脏的热气与跳动，她不忍心抹去它们，她想让它们再活一会，替她任性地活几分钟，或者几秒钟。

　　可是，它们却活成了一种独立的存在，真实得让她不能否认。她只好继续写下去，十指下的字句却越来越不肯受她的约束，如脱缰的野马。

　　……最近常常半夜醒来，全是你，无法摆脱！许多的事等着我去做，却做不成。我们已在地球的两边，再也无法逃得更远，却仍是这样。我们应该也必须适应这天各一方！事实上，你我从不曾相守。但我却不能！我仿佛成了自己陌生的人，疯狂、痴迷而幼稚，我能拿自己怎么办呢？她完全不肯听我的劝告，她本能地响应着你遥远的呼唤。

你能否停止呼唤我，停止爱我？真正的停止。即便你能忍住不表达，而你心中的呼唤却仍然潮涌般淹没我。你的心跳，你的呼吸，甚至你血液流动的声音都回荡着围困我。它们那么响，以至我听不到别的声音。我对周遭无法反应，像一个聋哑的人，只能听见你。再也无法和园中的郁金香交谈，无法听见晚霞的歌声，无法向一杯酒、一本书会心地微笑。

　　修平，我真的很想忘记你！很想！也很必须！可是谁能帮我呢？我自己的意志像瘫了般对情感无能为力。也许只有你，只有你在心中把我真正忘了，不要再让你的关切与呼唤万里迢迢来找我，不要让我的痛与思念能碰着你的。

　　也许，就解了这份情缘！

　　……

　　我们真的不能回到起初了吗？真的不能吗？是的，不用你回答，我也知道不能。逝水已逝，我们就算一直站在河的两岸，那只船却已被水流带走了，可是谁肯先从这河边走开呢？谁肯松开这目光的结？我们被命运拉得越来越远，上天却忘了为我们剪断这相望，它拉扯得眼眶发酸、心生痛。后悔这次找到你，无缘无故又相逢，无可奈何又分离。

　　很想对你说，想你，爱你。然而，我没有权利说，你也没有权利听。每说一遍，我的眼前都有另外两个甚至更多人的面容。这爱不是伤人就是伤己，我知道你一定选择伤己，我也只会如此选择。可是上天是否能怜悯我们，让这相思早一点淡些，因为真是很累，累到筋疲力尽……

6

　　杨修平在这封信面前，整个心都痛到麻木，肉体的每个器官似乎也麻木了，以至于泪一滴也流不出来，冰凝在他的身体里、心灵里。他很渴望也能像小小，让泪与伤痛借着文字流出去些，可以让麻木缓解复苏，可以让心喘口气。但他一个字都写不出，痛楚的思念挤压、包围着他，连一个针尖大的气孔都没有。

小小，你让我停止爱你吗？要我停止想你吗？十多年来我都在努力着，现在更是如此，因为我知道这爱带给你的只能是痛与伤。你是我最渴望疼爱的女人，但命运却不给我一丝权力，甚至我都无法做到不伤害你。因为我选择了伤害自己，也就无可避免地会伤到你，伤你的却是我里面的爱情。我实在无法清除这爱，它混在我的血液中了。

或者，我应该停止生命？

儿子小平的面容出现在他面前，虽然很模糊，但却始终不消失。他的眼睛看着他，一种平平静静询问的目光。

接下来的日子，杨修平心中一直怀揣着那句问话的诱惑。儿子的目光，时而遥远，时而略略靠近，但总也不离开。

二十三天过去了，他没有给她回信，但他心里觉得他们之间每天都在对话，他每个晚上都会坐在电脑屏幕前，甚至不用打开她的信，他就这样在心里看一遍，把头仰靠在椅背上，吸一支烟，借着吐出的烟雾呼一口气。他还是说不出一个字，那一缕缕的烟雾似乎替他的心述说了许许多多，他相信她都听见了。

这天深夜，他突然接到她的电话。

7

喂——轻轻的，探问似的声音，从一片宇宙电波般的杂音里柔嫩地伸过来，仿佛是她的手指轻轻抚摸他日渐消瘦的面颊。但又敏感软弱得像含羞草，似乎他稍一动这声音就会收回去，消失。

哎——他的响应是一声叹息，虽然轻，却在一瞬间卸去了心灵上全部的负担。你好——还是这两个字，他对她的字典里似乎只有这两个字。

一片沉默,他们谁都没有说话,仿佛是用这一分钟的沉默让彼此的呼吸,轻轻地拥抱融合。然后,这奢侈、这相互的慰藉就匆匆结束了。谁也不敢让沉默太久,虽然沉默的时候,他们能将彼此看得更仔细,甚至沉默的时候,太平洋仿佛成了一张小小的桌子,他们可以伸手过去,为坐在对面的人擦拭泪和皱痕。然而,不能。只怕这泪越擦越多,最后汹涌起来。

你——好吗?小小也只剩下这三个字。

还好。夹在修平指尖的香烟燃着,灰烬与灼热都一点点靠近他,他看着,却全然不知。

你还在工作吗?小小心里疯狂地想说,我很想你,很想你。在打电话之前她心中已经疯狂地说了无数遍,按她的心意,电话一接通就只需说这一句话。然后,她希望能哭在他面前,她要他听见她的眼泪,她要将她的眼泪穿过电波,一拳拳砸在他厚实的胸上,好像一个女工或村妇。但她说不出口,她的心嘭嘭乱跳着,却说出这么苍白的问话——你还在工作吗?多无聊的话,她根本不在意他是否在工作,她知道他在想念她。

是。他只能这样回答。否则,他能对她说什么呢?

那我不打扰你了?早点休息。

好!再见。

再见——

又是沉默,都在等对方挂线。

终于,一切归于寂静。手机,小小的一个铁器,此刻安安静静地在他手中,并不在乎他看着它的眼神,完全没有知觉,好像从来不曾活过,从来不曾为相思打开过一扇窄窄的门。

他不能握着它,他握着它,就想穿过它紧紧地抱住小小,而这门已经关上。她的声音、她的抚摸都已消失,猛然地消失,让他惶恐地怀疑刚才并非真实。当他把手机轻轻放在桌上后,掌中的空寂迅速地漫至全身，成了一个洞。泪似乎不是从眼中流出的，而是从洞中。

香烟，在他的指间烧尽。他把握过她声音的手掌捂在滚烫的额与眉眼上，但掌心冰冷，一点也没有留下她声音的温度。涌出的热泪瞬息冷却，从掌肚滴下，仿佛要悬挂起一串美丽的冰棱。

8

相信爱能改变一切。

杨修平面对着自己所写的，却感到无力，没有勇气去相信。他匆匆地把这行字发出去，想让这发出去的句子成为他勇气的锚。他颓然地倒在椅子里，里面的激情与力量都跟着这行字离开了他。

改变什么？让小小放弃她在美国的生活、家庭、事业？自己扔下一切的责任？让两个婚姻破裂？然后，他们一起生活？能幸福吗？

杨修平甚至觉得他们可以不在乎一切，也无须幸福，可以在自责、愧疚中度过余生，可以从此不再有一丝道德上的骄傲，可以放弃一切。只要，他们能彼此握住对方的手，只要他能一直看着她，也被她看着。但是，他的疯狂与勇气越不过另一个生命。不是道德，不是责任，不是理性的称量，也不是感性的取舍，而是一个生命。这个生命诞生于他对婚姻的承诺。

儿子小平。

杨修平并不觉得自己很爱儿子，以至可以为他放弃一切。甚至他的出生、长大都只是在他的无意识中，顺其自然地进行着。此刻，这个小小的生命却超越了一切他以为很值得关注的事物，突显在他面前，成为他不能背叛不能回避的存在。因为这个存在诞生于他，从他而出，又在他之中。他无法撇开他，也无法忽略他。

他以生命平等的立场向他发问——你生命中的错误要我来承

担吗？修平在这句问话前无言以对。无论他觉得命运有多么无情，无论他感到思念是多么不堪承载，无论他对她的渴望怎样超过了对生的渴望，但这都只是他自己的事，是必须以他自己生命承载的。他可以软弱以至无耻到让另一个生命，让小小的儿子用一生来承载这一切吗？

他不能，他不能抛弃他，不能破坏他的生活，甚至不能主动地去选择死。他竭力不去想小小，他在意识中让她远离，他的心痛得不再痛，木木地要睡去，疲倦得似乎没有力量再想她。可是，她的呼唤仍被他的生命听闻、响应，这呼唤与响应几乎撇开了他的心思。

9

这种彼此的思念与呼唤是否会致人于死？也许无须刻意地殉情吧？但需要多久？只怕时间太漫长，不堪忍受。也许真如小小说的，只有我不爱她才能让她脱离这漫长的煎熬，但我能吗？

这时屏幕右下角，黄色的 mail 不停地闪动，他打开，看见小小的信，感觉她一步也不曾离开。

……爱能改变什么？可以让它改变什么？唯一能改变的就是让我们不再爱吧？很想看一看你儿子的照片，想记住他的脸，也许这能帮助我。

恨你这次为何要把心中的感情向我说出来？为何要让藏了十多年的爱裸露？你从来不曾像这次一样对爱坦白，然而你的坦白因为迟了十多年而成为自私！也许它释放了你，却像重石般压住我，令我爬不出"相思"。在这深井里，承受孤独与无助。希望我们从来没有爱过，也永远可以不再相爱了。

……是我的过错吗？是吧！小小，我只是希望你能知道我爱你。也许不能拥有，也许不能相伴。命运、环境、性格、一切的一切都在反对这份感情，过去和现在都是如此。但我不想只看到命运，这中间我们彼此的努力与挣扎，还有心中的爱与思念，虽然它们全无结果，但我不能无视它们。这爱是我能给你的全部，我不能不让你知道我爱你。在我们渐渐老去的漫长中，在我们各自走入死亡的时刻，我盼望彼此心中能确切地拥有对方的爱。这个渴望还是太奢侈吗？

隔了许久，小小才回信。这中间日子飞逝又仿佛停滞了。

……分别才几个月，思念却难以称量。算一算，今后还有漫长的三十年，甚至更多……还会再见，但不能彼此拥有。想到我们要天各一方地老去，最后死在另一个人的身旁，何等心酸。以后的日子真是太漫长……

这一周我要写作、劝谈、种花、请客，去教堂……你要开会、吃喝、工作、出差、回家。我们今后的一生也许都是这样，各自平静地生活，但心里的那个不完整却再难回避。这是命吗？

想到你生病或健壮，忧闷或开怀，疲惫，痛苦，一切的一切都在别人怀中，我觉得何等虚空与无奈。我想你也是吧？看来保留这份感情也是太奢侈的事。今生都回不到初遇时的那一刻了。如果可以我真希望现在就去天堂，天堂上应该不会再思念尘世的你吧？可是，越跑得远，越难回来见你。

既然相爱，为什么分离？既然分开，为什么不能忘记？为什么你我的心不肯让这爱结束？很想对你说，爱你！但越来越不敢再说。很应该不再见你，只是我们都做不到。此生至今，让我摆脱不了的痛并不多，你却是那至深的痛。

因为我不知道可以把你放在生命中的哪个位置，好像没有一个位置适合存放你，却又忘不了。我不能痴心于你，不能纠缠于你，不能埋怨你，不能要你陪伴，甚至不能爱你也不能恨你。

希望我们都能活到很老，可以单纯地见见面，平和地散步、说话。但又最怕活到很老，怕这爱不肯淡去，怕思念与时间一起不肯停息。

……

10

　　这以后，他们也时常通信，有时是难言的温情，更多时候是说些言不由衷的话，彼此伤害。

　　虽然，他们各自心里知道自己无法解脱，但还是用了各种方法想让对方解脱。但最后谁都没法相信这爱已经结束，尽管都拼命地想这样相信，以便从痛苦的思念与自责中逃出来。

　　人的一生其实是何等的被动与渺小，有时，连骗一下自己都不被上天允许。

　　于是，只能沉默。两颗精疲力竭的心，各自沉默在地球的两面……

　　你昼我夜，轮番地被时光碾过。

第五枝

1

　　余生似乎可以就这样慢慢地过，在煎熬中麻木，在疲惫中安静。然而，命运却精力充沛，不肯让人休息得太久。

　　秦小小从大一开始就常常头疼，中医西医都看过，并没有什么结果，只说是神经痛。做过一次脑部检测，医生说左边前侧有些暗影，但模模糊糊的意思是也无大碍。记得那个瘦瘦的架着副眼镜的苍白男人对她说，咖啡茶酒都别喝，情绪不要激动。那时小小已经开始写诗了，医生又是父母的朋友，就又慎重地对她说，诗最好就别写了。妈妈在旁一个劲地点头。出来以后，小小自问，那我干什么？情绪不要激动？她想想都好笑，脑子里就出现一个面无表情的小会计模样。说不清为什么，小小从小最讨厌的就是会计这个职业，在她心里，自己若当个会计也就跟死了差不多。

　　高考的时候她还是报了中文系，诗还是继续写，情绪更是放纵地起伏。而且她不爱喝白水，白水喝下去总让她想呕吐，除非是刚运动完。几乎每天都是咖啡和茶，当然酒绝对没少喝。各种止痛片试过不少，也离不开，习惯了就以为正常，年龄再大些，有人说女人常得偏头痛，她就更不在意了。再说，她从来都不是个想活到很老的人，而死亡对于健康的她来说，一直遥远得想都想不起来。

嫁给了柳如海,又到了美国,小小的生活被这美满的婚姻纳入正轨,作息时间正常得刻板。在北京时小小还常常醉酒,但到了美国,酒也就成了一种情境的点缀,水晶杯里浅浅的一些,与丈夫或朋友淡淡地抿上几口。在柳如海这个丈夫的怀里或面前,她很难找到醉酒放纵的理由。

写诗的小小,在家里当太太的小小,做心理咨询医生的小小,都常常想到死。常常一个人蜷缩在沙发上,望着窗外的蓝天发愣。当然,基督徒是不能自杀的,这在教义中写得很明确。虽然她只是个礼拜天去去教会的基督徒,只是喜欢坐在丈夫身边听听那些圣歌,但对这样一条最基本的规定还是很清楚的。再说,她也没有任何理由自杀。

有一次,她去和牧师讨论,是否自杀的人一定不能上天堂。牧师很奇怪地看着她,警惕着,以为她又没事来找他辩论。和小小辩论实在是件辛苦的事,谦和、好心,显得有点迟缓的老牧师早就领教了。小小眼睛亮亮地看着他,其实心里很灰暗,除了丈夫,谁能知道事事顺利、性格开朗的秦小小心里一直有着死的诱惑呢?牧师最后说,自杀与杀人同罪。你的生命属于上帝,你的身体是圣灵居住的殿。然后,他没有再说能否上天堂的事,就走开了。

她也常常和柳如海讨论死,他只是笑着说,你死了,我马上再找一个。不悲伤两年吗?小小有点不甘心地问。不。那留不留着我的照片呢?不留。小小就突然明白,死了就消失了,在这个自己哭过笑过爱过恨过的世界,一点痕迹都留不下。她相信灵魂不死,有时,她会看见自己的灵魂在各种事物中,面向她,甚至交谈一两句;有时灵魂浮在空中,或者走来走去,对她无动于衷。

肉体中的小小很羡慕灵魂中的小小,想着若能像她这么旁观着自己,就不必死了。

2

　　秦小小过去说过句名言：人分两种，不是寻死就是等死。她是想成为个寻死的人，命运却不给她轰轰轰烈烈的干脆，最后，还是成了个平平凡凡"等死"的人。

　　她对丈夫感叹，都是因为嫁给了你，又跟你信了教，婚姻、宗教双重牢笼让我连处理自己生命的权力都没有。

　　他就说，难道对生命的处理就是死，而不能是活吗？

　　活着，还不就是一天天走向死亡，还不就是等着死？

　　丈夫柳如海的活，确实与小小心中等死的活，有点不同，但她认为从客观上讲除了寻死的人就是等死的人，不可能有第三种，再说她也说不清他的活有什么不同。

　　那天，他们在阳台看晚霞，柳如海说，多美！造物主每天让那么多美丽的东西围绕着你，你还不感谢自己活着？还不为自己有眼睛，有耳朵，有一颗心能感知它们而欣悦？

　　小小说，看与不看本质有区别吗？黑暗会吞没你此刻看见的一切，死也会吞没人一生所有对美的记忆。

　　他说自己辩不过她，但还是那么单纯坦然地笑着，伸手拍了拍她的脑袋说，小脑袋别瞎想了！你想也没用，反正你是既寻不成死，也等不了死。

　　为什么？小小觉得他什么都好，就是这种美式笑容，简单明朗得让人生气，一个字，傻。

　　因为你不会死。

　　人若不会死，生命根本不会结束，那不是太可怕？

　　但事实上灵魂就是不死的，死亡只是一次短暂的睡眠，然后换一种形式活着。柳如海讲得轻松又确定。

　　但我并不想一直活下去，我喜欢有个结束，然后一切可以重新开始。她心里不由地想着修平，是他使自己希望结束，希望重新开始吗？对于小小这样的女人，感情似乎可以轻而易举地覆盖哲理，甚至真理。她回身拉开纱门进了屋，背后绚丽的山正渐渐暗淡。

……

事实上，人都不能结束了重新开始，都不能逃避对自己以往生命的承担。根本没有你所要的死，没有一了百了的结束……所以你要对活的每一天认真负责，享受这活的千滋百味，然后向赐生命的交账……

柳如海一边啰嗦一边跟进屋来，回头望了眼天的另一边悄悄显出来的一轮月亮，它还没有放出光辉，像一张平平常常的剪纸。

小小并不能否认他说的，但她骨子里就希望有个一了百了的死，让她可以不用对活着的每一天负责，让她可以给自己一个放纵的理由，让她可以……

3

现在，死，突然不期而遇地来了。

大胡子医生正一脸严肃、同情，又掩饰着，故作轻松地对她谈到死亡的可能。不知为什么，小小感到这一切十分荒唐，几次想问问他是否在开玩笑，但她知道不可能。她很认真地听着，却像是在听别人的事。

简单地说，是她脑子里面有个瘤，最近突然长大，以致压迫神经。这是造成她最近头痛加剧，恶心呕吐，视力减退的原因。大胡子是她的家庭医生，他一再生气地说，难道你是刚出现头痛现象吗？为什么不曾提起。小小说，我以为是神经痛。大胡子还在啰嗦，好像要证明事情弄到这一步不是他的责任。小小有点不耐烦了，她希望快点离开这间屋子，走到外面去。

是会死吗？还有多久？现在能做什么？

医生犹豫了一下说，是不是另约时间和你丈夫一起谈？

不要。小小只是简单地回答，她知道美国医院很讲究隐私保密，未经她允许，医院绝对不会把她的病情告诉John，甚至一个化验数据都不会给他。

你脑中的肿瘤良性恶性还不能确定，但根据这两次的检查，看情况并不好。现在必须尽快安排手术，但它的位置很不好，手术有可能引至失明。大胡子顿了顿，又补充了一句，不动手术，再有两个月左右也会失明。

他看着小小东方式美丽的双眼，此刻它们明亮地、一眨不眨地盯着他，好像听不懂他的话。这双美丽的眼睛仿佛在责备他刚才说的话。他把头略低了点，侧过去翻翻桌上的病历，其实并没什么需要看的，情况全在他的脑子里。

他的病人中只有这一个东方人，小小很少来看病，但他对美丽的小小却印象很深。前几天她来了，只说是头痛，却突然就面临这一切。老头快退休了，一生看过的生老病死太多了，但这次还是觉得心里有些难过。本来他作为家庭医生应该立刻将小小转给肿瘤医生，但正好他是从肿瘤专业转为家庭医生的，他让她做了一些检查，小小甚至都有点厌烦了，她后悔为了头痛这种小病来看医生。老头找了另外的人一起会诊，最后还是决定自己先来和她谈一下。不知为何，他觉得若让一个陌生人来对这个东方女孩说这事，有点过于冷酷。当她刚才拒绝让丈夫知道时，他就更决定要自己先对她说，虽然这有点违例。

动手术有可能死吗？小小问。她的语气仍是淡淡的，完全是一种讨论的样子。

事实上，不能排除这个可能。但，今天我只是和你先谈一下，你需要去肿瘤医生那里，由他来和你谈。我已将你的病历转过去了。

你们已经谈过了吧？小小看了大胡子一眼，觉得他扮圣诞老人一定很像,他善良的眼睛里有一丝医生不该有的愧意。她对他说,谢谢你,很高兴由你先来和我说。

他看着这个善解人意的东方女子不知说什么好。早一点动手术吧!虽然有失明的可能,但肿瘤若是良性的,绝对不会有生命危险,手术后就好了。

若是恶性的呢?

要观察,希望不会转移。这是肿瘤医生的电话和地址,我已经帮你预约了时间。还有这几张化验单,每隔一周要做这些化验,观察肿瘤发展的情况。

小小接过他手上的几张纸,道了谢,离开他的办公室。当她走出医院时,她希望是从梦中醒来。太阳很好,把她的影子斜斜地投在地上,她一直走到停车场,坐进自己的车子,始终不去看手上的那几张纸片。

4

汽车平滑地退出排列有序的车阵,回转,驰出停车场……小小觉得好像是一种生命的预演。然后,是一个红色的停止牌,仅仅是暂时地,最后再停一下,便彻底脱离了束缚。淡金色的汽车终于展开翅膀,还原成它本来的模样,一只淡金色的大鸟。薄翼,宛若明亮的光波。释放地,也是孤独地,飞向远方。

这是死亡吗?人生仿佛是灰姑娘的南瓜车、水晶鞋,被魔棒一点,束缚在一个虚假的盛宴里。时间一到,咒语的力量就消失了,灵魂重新可以飞翔,来自于尘土的肉体也终于可以回归尘土。

太静了。好像不是她在驾驶这辆汽车,也不是她在飞翔。是谁在飞翔?她吗?她在我里面,还是外面?是这只金色的大鸟,还是风?

秦小小看见了她,她在方向盘的喇叭符号上,她从喇叭口钻出来，掸了掸身上和脚上的灰，表情是那种长途跋涉后的埋怨。

她为什么要来？

秦小小在美国这块土地上从没见过她，是自己要死了吗？她有种要用手指碾死她的冲动，但那势必造成一声公开的鸣响。她无法原谅自己的灵魂，这始于和修平做爱的那个晚上，她看见了她的淡漠，她将这视为她对自己的卑视，她恨她的不参与。灵魂的不参与，使肉体的人生形同马戏。

她此刻坐在她的眼前，晒着太阳，她的安详仿佛轻易地抹去了秦小小的生死爱恨。

秦小小讨厌命定的感觉，虽然她明白人生不过是昙花一现，是转眼成空的一场戏，但她愿意将这用劲地脱轨。她不能甘心自己灵魂对自己肉体的掌控和轻蔑。

……

该转弯的时候，车仍直行着，家就慢慢远了。

车两边树木变多，房屋变小。她瞥了眼时速表，每小时一百多公里，但她一点感觉不到这车速。没有风声，没有轻微的颠簸，旁边似乎也没有车让她做参照物。没有警车跟过来，让她停下。

汽车停在河堤下杂树林的边上，微微扬起的尘土转眼落定。她一时不能下车，望着窗外艳丽的夕阳发呆。她突然害怕走进这美景中，突然害怕身子一动，眼中的画就碎了。

……

残冬未尽，初春的河水仍不丰盈。稀释了的浑浊，金黄色的温暖，轻微的起伏。仿佛是凝固的，却又在凝固中从容地向前，一去不返。

秦小小沿着河堤走了一段，偶尔有遛狗的或是骑自行车锻炼的，她在一棵大树旁坐下，抬头看着巨大的树冠，看不清一片片叶子，只见它在绚丽的晚霞中像一团浓浓的云。

她觉得自己的视线模糊了，她看不清浓云深处的他，她确信那枚面容是极清晰的,但她就是看不清。

我真的会失明吗?

这个意念如闪电般猛然劈开她的恍惚。修平——她的心终于呼出了这声叹息。我可以就这样再也看不见你吗?可以吗?

那枚面容正在溶化扩散,好像要稀释在树冠与晚霞中。那些熟悉亲切的细节迅速地淡化着,焦虑在她心中像一片疯长的荆棘。修平,我要再看看你,要把最后的视线都投在你的脸上,要记住你。我无法在一片黑暗中猜测你的样子,如果捕捉不到你看我的眼神,我怕我会失去走向死亡的勇气。虽然,也许那只是一次短暂的睡眠,但那毕竟是醒来后再也没有你的睡眠。

小小飞快地跑下河堤。

5

死亡,似乎给了秦小小放纵自己的理由。但是,当她驾车驶近自己的家,当她无意识地按了一下车库的遥控开关,车库的门缓缓升起,这幢刚才还和旁边的房子并无区别的建筑,猛地变成了家,呼出一股她熟悉的气息,像是丈夫的怀抱。不,是比那更复杂、更真实、更具体的一切。她迟疑着,她无法让车和车里的自己驶进去,她把车在车库门外停好。然后,走了进去。

丈夫已经在家里,他显得很高兴,好像还刻意打扮了一下。他真是很英俊。即便在这样的情况下,小小还是不由地在心里赞叹了一句。桌上水晶花瓶里换了鲜花,黄色的玫瑰。

你车怎么没停进来?他问,晚上要出去吗?他的表情奇怪地含着一种甜蜜。小小的头又开始隐隐痛起来,令她无法想这一切。是,她答了一声,看看洁净的厨房,今天她一点都不想做饭,也不想吃他做的色拉。我们出去吃吧?

他看着她,薄薄的嘴唇溢开微笑,下巴上极具魅力的凹影更深了些。今天当然出去吃。带你去吃法国菜，好吗？他见小小迷迷糊糊地看着他，以为她是故意的，就笑着催她快上去打扮换衣服。

小小一边往楼上走，一边想今天该是个什么日子吧？只是头很痛，使她没法集中思想去想。柳如海有着西方人的浪漫，总是记得一大堆他们爱情的纪念日。平时，她常常要在他的一再提示下才能想起来，今天就更不可能想起什么了。她很想说就这样去吧，她知道若她这样表示了，他一定会关切地问她是不是累了，并且会马上改口称赞她穿什么都很漂亮。但今天她贴切地感受着丈夫投在她背上的目光，那样热烈温暖。她的眼眶有点热，感受着那种亲近，想尽量将自己妻子的职分做得更好。

小小忍着脑子里裂开似的痛，冲澡，选衣服，吹头，化妆。一丝不苟地做好一切，又特意洒了点她很少用的绿茶香水。这样做的时候，她不禁问自己为什么。一种爱与亲情的眷恋是她无法回避的，然而，她能不能为此而不离开他，不去看修平呢？如果她还有很多的日子，如果黑暗还遥远，如果她不是突然忘记了修平的面容……甚至是，如果她有修平的照片，她都可以不离开。可以像曾经答应过如海的，也是曾经自己向往的那样，在丈夫怀中渐渐老去，至到死亡。但是现在……

6

吃饭的时候，柳如海问妻子前些日子检查的结果出来了吗？小小说今天下午去了医院。他停下刀叉问她如何，她说没什么，老毛病了查不出什么。低头喝了口高脚杯里的白葡萄酒，说都是他一定要她去检查，其实女人神经性头痛的人很多。

他就继续吃饭，说，我也想不会有问题，上天怎么忍心把你从我身边带走呢？没有你，我怎么办？然后他抬头看了看小小，突然有一丝羞涩从他成熟英俊的面容上掠过。小小，十五年前的今天，你第一次进入我的生命。十五年后，我不知道自己生活中哪一个角落是可以没有你的。

仿佛是刚才喝下去的那口酒涌上来，堵在嗓子里，小小没法把口中的食物咽下去。她不敢看他，但她的眼前再次滑过那辆火车，车窗中男人的脸。那天的晨雾一点不能使他的面容模糊些，十五年，他的面容已清晰得如同刻在她灵魂中。

忽然间，她不知道自己是否真的更爱修平，是否真的更想记住修平的脸？但她知道她不能放弃对他的记忆。而对面坐着的这个男人是不需要记忆的，他的一切都真实地存在于她的生命中。即便从此再也不看他一眼，他的爱，他的面容，以及他面容上所有的神态都会陪伴她直至死亡。甚至经过死亡，进入永恒，如果真的有永生。

而修平呢？他的一切却是水面上的月影，刚才还是清晰完整的，似乎可以一把抱住，瞬息就散了，零乱的碎片，甚或只是些光的粉末。她的悲哀就在于无法放弃这美丽的影儿，即不能扑下去，又不能离开，每一分钟都陷在惊怕中。她无法不选择把剩余的视线都投在他脸上，因为就算这样，她也不能肯定他能真切地留在记忆里，不能肯定这面容可以清晰地，或是略显模糊地陪她到死。

她不知道自己为什么一定要记住修平，只是一遍遍预尝着完全失去他以后的荒凉。

我想回一趟中国。小小知道他在看她，她没有抬起眼睛，她怕面对他的眼睛会失去撒谎的勇气。我想去看看中医，中医也许对我有些帮助。

好呀！怎么早没想到？虽说没什么，但你最近头痛得似乎很厉害，真是太辛苦。他停了停，柔声问她，要去多久？

中医调理可能需要久些。小小抬起眼睛，看着丈夫，觉得自己实在不能说不爱他,但对他的感情似乎又不是通常所说的爱情。你一个人行吗?

行!柳如海很夸张地挺了挺腰,随后突然伸手握住小小放在桌上的手,低声说,也不行,我会想你的。他没等小小说什么,马上放开她,恢复了常有的笑容。你放心走吧!我等一有假期就去中国看你。

小小想对他说,你不用来。但她没说,她无法设想将来的事。她真的能在修平的身边进入黑暗或死亡吗?事实上,她从未在他身边呆过,他甚至完全像个虚幻的梦,像一个仅仅存在于她幻想中的人,但她却不能不扑向这水中的影儿。

你送我去洛杉矶吧?顺便我们去看红杉树。

离加州不远,有一个国家公园,里面是一片古老的红杉树森林。小小从小就喜欢树,特别是杉树,远古的红杉树更是她的梦。柳如海一到美国就说要带她去看这片闻名的树林,小小却一直不肯。她不忍心一下子走进自己最向往的梦里,不忍心这么随便地进入自己灵魂的童话,去突然面对那神秘。

她曾对丈夫说,等死亡临近时,她要与他一同住在森林的木屋中,睡在他怀里。她要让美丽的红杉树成为这世界留给自己的最后影像。柳如海笑她纯粹是诗人的浪漫,又不远,去几次都不难,何必弄得那么严重。她没有多向他解释,却坚决不去。可以玩的地方很多,他也就没有再提。

今天她突然提出来,他却并不吃惊。她常常有些突发奇想的怪念头,他也是从来不吃惊,何况这次只是要去一个地方旅游。好!我这就去安排,你机票订了吗?我帮你订?

不要。我明天订了告诉你。小小知道自己这次走的真实意义,她不愿意由他来订这张机票,她想尽量减少对他的愧疚,减少他将来的伤心,虽然,这一切似乎都已不可避免。

7

对开线的公路修得很平坦，弯弯曲曲地避开着千年古树。红杉树长得非常慢，过了八百年就开始脱去自己树干上厚实粗糙的表皮，一片一片地裂开，翻卷着剥离，露出亮红的肌肤。然后在风雨的侵蚀下，微微平缓一下红色的亮度，坦然地经过一千年，又是一千年。

有些树正在脱皮，显出辛苦又兴奋的样子，好像不是八百岁的树，而是三四十岁的人，充满艰辛的张力，尴尬的矛盾。那些翻卷着，挂悬了半截的树皮一动不动，你就算等上十年也未必看得见任何进展。但到一千年的时候它必然是完全洁净地裸露了，它不肯让任何一个短暂的生命参与这经过。对于微不足道的人，它所呈现的是一种静止的力量。人只能借锯开它们死亡的身体去数一圈圈细密的年轮，却无法参与了解它们的活。

汽车一直地往林深处开，仿佛这片丛林是无边无际的。柳如海一只手握着方向盘，另一只长长的手臂伸过来揽着秦小小的肩。她把身子靠过去，头依偎在他一侧的肩胸之间，看着窗外的森林。车行驶得并不快，时而有神秘粗壮的红色树干，像梅花鹿般隐在林子里，或三三两两，或独自沉默着。这些年逾千年的古树并不像是一群五世同堂中的祖老，反而像三五个绕在大人们腿间嬉戏的孩童，向她露出顽皮挑衅的灿笑。

也有站在路边的，似乎是被他们吓着了，呆呆地站着，惊魂未定。小小就似乎听到一声苍老的喊，别乱跑，小心车。这才让她意识到自己坐在汽车里，车轮下有一条公路，她不由地带了愧疚向它们点点头。

她的思绪在林子里随意地飞来飞去，丛林里充满了故事，各种她想到的活物都任意地出现并消失。她从一个童话走入另一个童话，进去或出来，树们性格各异地行动或交谈。她迷失在一个眼所不能见的世界里。

……

人类文学的最高境界也许就是童话吧？秦小小和许多人一样，觉得童话是自己灵魂的家，她诞生于此，歇息于此，也将回归于此。然而，真正的童话却不肯变成文字，这些森林、小屋、仙女，一变成文字就死了，仿佛一些拙劣的剪纸。而灵魂呢？她不知又去了哪？她有她的爱好，并不会被秦小小的希望安置在剪纸世界里。

森林，在她眼前关上了门。她发现自己一直半躺在丈夫的怀里，竟一丝都没有担心过他的驾驶。

你这人总是让我安心得忘记了你的存在。小小说。

所以我是你的丈夫，不是你的情人。柳如海低头看了她一眼。怎么样，睡得好吗？你一到我身边就像只贪睡的小猪猪。

小小想申辩说自己没睡，但想想自己也不能确定。我们下来走走吧？小小看着关上门的森林，很想走进去。

马上就到了。我订的度假屋在山谷，那里的林子最漂亮，安顿好后就随你闲逛。

车果然在曲曲折折地下坡，滑入一个山谷。丈夫就是这样一个总是把一切安排妥当的人，他达到完美的途径是借着竭力的完善，而不可能借着即兴的偶然。

丛林越来越密，驼红色的树干增多起来，显得粗壮而沉稳。和先前不同，它们掩尽了顽皮的灵动，铺展开一种宏大的肃穆。

8

当晚，他们在山谷的木屋里做爱。森林的肃穆并没有约束他们的性欲，山野神秘的呼吸也没有格外地激发狂野。

十五年，他们之间做爱已逾千次，快近两千次了吧？仿佛千年的红杉,脱尽表皮,坦然地裸露着,和谐,完美。是像左手握着右手的感觉吗?是,也不是。性,成了一种可以裸露,却不会被氧化的鲜嫩。激情,因着和谐而失去了碰撞、冲突、忙乱。完美,因着安全,而远离了为瞬间即逝生出的痛苦与恐惧。远离了因残缺而生的掠夺,因短暂而生的仇恨……

小小独自醒着,丈夫已沉沉入睡。

黑暗中,她觉得自己的视力比白天好,白天眼睛中烧灼的感觉几乎没有了,遮在眸前的那层雾也掀开了。木屋外的森林似乎从白天的寂静中活过来,布满了繁杂细小的声音,这些声音是清晰的却无法描述,她觉得自己可以毫不费力地明白它们,只是无法转化成语言,及以语言为基本元素的意念。

在创世造物之初,人与这些植物、动物、星月、大地是心意相通的吧?那时人类没有语言,却可以和上帝并天使对话,也能听见魔鬼的声音。那时只有两个人,一个男人和一个以他肋骨所造的女人,他们裸露着,和树、土地一样。性,是一种娱乐也是一种交谈,快乐而平和。

古希伯来语中曾用"知道"这个词来代表性爱,又称"合为一体"。这是性爱原本的意义吗?"知道"似乎表达了性作为灵魂语言的功用,"合一"则描述了结果与目的。

小小悄悄起来,穿上衣服。十多年来他俩在一起时都喜欢裸睡,其实现在她也希望能就这样赤裸着走出去,走入同样赤裸的森林,与赤裸的红杉树交谈。但她还是穿好衣服走出去。

满天的星星,一颗颗硕大明亮得让人惊讶。在门前那片小空地上,她屏息静听,而它们却也同时屏住了呼吸,不肯让她窃听它们的秘密。

天堂里无男也无女,复活的人不娶也不嫁,乃像天上的使者一样……小小想着对天堂的描述,想着自己与修平和丈夫之间完全不同的感觉与性。为何造物主要给人爱情,又让爱情进入婚姻?

他想对人说什么？

他给人因两性的分离与对立而产生情欲，又让这情欲最后借着两性的做爱合为一体，而成为亲情。他想向人启示什么？经过人间进入天堂，仿佛是由性进入无性。不经过人间就不能进入天堂，而无性却正来自于两性的合一。

真是奇妙而奥妙的律则……

小小漫无边际地想着，也漫无边际地走入森林。天上的星光远了些，零星地露一下脸，或不慎落下来。她这样走着的时候想到两种人，一种是为乌托邦献身的理想主义者，一种是各类禁欲主义者。这两种生命形态都曾经对她充满诱惑，激动着她里面对完美的狂热。然而，此刻古森林以千年的时光，大海般向她显出船只的可笑与脆弱。人无法以自己的努力跳越或删节万有中的定律。

她在浩瀚的思绪中游走着，杨修平的名字却突然在她毫无防备时冒出来，像一根突然被闪电劈倒的树，将她绊倒在地。她不禁扑倒在一棵巨大的红杉树下，把额头、面颊、胸、腹都伏在那粗壮盘结、裸出地面的树根上。

上天啊，为什么我不是一棵树，一棵长得很慢的红杉树，一棵不会移动的树。我多么想生下来就只见到一个人，只爱一个人，直到死。

秦小小希望在此刻失明，希望在此刻进入死亡。她惧怕生命最后一刻对他的渴望，惧怕被肉体的渴望一口吞吃，她不能确定自己的灵魂会如何回忆离开她的最后一刻。

被她抱着的红杉树，似乎静止着却在生长。时光，似乎一动不动地向她凝视着，却在飞快逝去。

第六枝

1

　　飞机跃上了云层，地上的一切都被云隔断了。一切。
　　等它再一次落下去时，却投入了一个不同的时间与空间。一切又都回来，是另一个一切，却又是原本的一切。
　　机舱的窗子被要求关上，但秦小小知道自己在厚厚的云层上，好像暂时脱离了时空与人间，静止在一旁，给她一个深深吸口气的机会。然后，会再次穿过云层落下去。这一扑，她能抱住她想抱住的吗？
　　秦小小在上海改乘国内航班飞回南京。她拖着一个轻便的箱子走出通道时很想看见他，当然这不可能。她在机场给他打了个电话，修平很吃惊也很兴奋。在最初的一瞬，他几乎忘了他周围的世界，但很快他身边的嘈杂与他恢复正常的声音一同传了过来。
　　我正忙着。你住下后和我联系，晚上我请你吃饭。
　　好！晚上你能有空吗？
　　当然。他的声音很肯定。
　　小小本想住在修平报社附近的酒店，但当出租车驶入繁华的市区，那些拥挤的钢筋水泥让她越来越喘不过气来。一根根尖利的钢筋从装潢华丽的各种建筑物里弹出来，插入她胀痛的头，尖锐的耳鸣掩住了所有的声音，似乎要把她撕碎。小小勉强忍住胃中的翻涌,对司机说,带我去中山陵,找个旅馆。

离市中心并不算远的紫金山林区却仿佛是另一个世界,沉默的山峦,肃静的丛林。路旁的树木整齐高大伟岸,苍白粗壮的主干笔直地站立,好像古罗马的大理石石柱,树冠在高处连成拱形,像是一道走不完的拱门。

出租车停在林区中一个度假村的门口,司机帮小小把行李拿下车,问,这里行吗?她点了点头,向他道谢后拖着轻便的小箱子走进去。房子是木结构,三幢相连,另一面临水的是餐厅,粗木搭建的平台一直伸入水面,上面摆了些带伞的桌椅,二楼的餐厅没有间隔,像个大花房,玻璃的屋顶与四墙。小小要了壶毛尖,坐在这玻璃房子里等他。

天迅速地黑尽了,沿河岸排开的烧烤棚里陆续亮起火光。小小转回头来看着对面已经坐稳的修平,他刚才来的时候她知道,但她没有转回身,他也没有招呼她。就好像两个人常常坐在这里,但小小突然问自己,我真的那么想要抱住他吗?

这个男人似乎陌生起来,好像是个雕出人形的木乃伊壳,把她想抱住的人封闭在里面。

2

饭后,他们沿着餐厅侧面的台阶下来,走上一条窄小的山路,路不长就断了,停在一道不算太高的坡上,离坡顶还差一些。她离开小路走了几步,在一小块平整的地上坐下。

已是初春,松软的枯草中散发出嫩草青涩的香气。修平在她的旁边坐下,侧背对着她,静静地看着坡下湖边被照成金黄透明的棚子。小小只能看见他一侧的额角和削瘦的颧骨,月光在上面勾勒出明晰的线条。

你瘦了。小小说,突然就有了份伤痛,不知这个男人为何削瘦得那么快。她的头一直在隐隐作痛,也许不是隐隐,而可以算剧痛吧,但她已经习惯,痛得麻木了。但这痛令她一丝一毫都想不起他们的往昔,所有刻骨铭心的镜头都沉入这片痛的水中,一痕涟漪都没留下。

怎么瘦得那么快?……小小几乎是在呢喃自语。

修平一动未动,很久很久。他仿佛已凝固在黑夜与月光稠密的胶汁中。然后,他放在侧面的手伸向背后,握住小小。那么自然,那么准确。掌心的灼热与指尖微凉的战栗,悄然却又迅猛地向她的整个身心漫溢。

我想你。

他的脸没有转过来,他的肩也没有一丝摇动。但这句被他磁性而深厚的声音送过来的话,海浪般涌向她。那无奈中的痛苦,那挣扎后的疲惫,疲惫中极致的温柔,那对意志的放弃,那沉陷在浑浊中的理性与情感,那份对宿命的降服,都一同潮涌而来。

小小想抱住他的心缓缓醒来,不再那样迫切,不再是绝望中的疯狂,甚至不是必需,但她知道她想抱住他。

让我抱住你——

修平向后靠入她的怀中,小小伸开双臂搂住他的肩。他的肩比她想象的还要坚实并且宽,她的双臂勉强环抱住他,十指交合,仿佛扣上了一把锁。她头俯下时,他被月光照亮的脸就在近前。但一时间她怎么也看不清楚,眼前一片模糊。小小很着急,急得要掉出泪来,她忙把脸仰向夜空,怕自己的泪落在他的脸上。

修平后仰的那一刻就闭上了眼睛,他不敢睁开,怕这只是一场梦,怕这个梦被吓走。他被自己用全部身心苦苦思恋着的女人抱在怀中,宛如游荡漂泊的生命到了终点。他突然很想回忆起小时候被母亲抱在怀中的感觉,可是丝毫都想不起来。他的记忆中甚至没有她的面容,只有她坐在河岸上的背影。

记忆中没有母亲的面容,这让修平比一般的男人更多地体会到心灵深处的空虚，更多地存了一份对女性的渴望与羞涩。

3

小小安静了一会，再低头看他，她看清了，每一个细节都看得很清楚，甚至更多。可是却无法记住，只要一闭上眼睛，脑子里仍是一团模糊的白。

睁开，闭上，睁开，闭上。反复地记忆，反复地失去。

终于，她不再闭上眼睛，一滴泪落下来，落在修平的眼角。他的眼睛微微睁开，看着她。但是她的脸俯下来背着月色，他看不清。

修平，你真的爱我吗？

是。

那你能不能放下一切，陪我一个月。

他的脸上一丝表情都没有。

或者，只要一个星期，一个星期就好。

修平的眼睛闭上了。

妻子王瑛的面容出现在他面前，她上星期失业了。这个一向还算对他柔顺的女人变得敏感而易怒，忽而无端地大发雷霆，忽而凄惨地独自哭泣。他想去安慰她，但她并不接受。这个时候自己可以离开家一个星期，甚至一个月吗？

两天前的晚上，他只是和过去一样有些事拖到凌晨才回家，开门一看，王瑛坐在地上，披散着头发，一副失魂落魄的样子。儿子小平缩在大床的一角，惊恐地看着开门进来的他。那一幕他实在无法忘记。然而，他能离开小小的怀抱吗？他觉得自己的灵魂已经留在了这个怀抱中，离开的只能是空空的躯壳。

小小，相信我。我们要的不是一个星期，一个月。是永远，我要真正和你彼此拥有，直到终老。给我一点时间，好吗？我会把许多的日子给你，会和你终老为伴……

耳鸣又开始了，越来越响，她听不清他的话，也不想听清。她很想说，我没有时间了，但她没有说。

他们一起回到小小的房间，一起躺在床上，他们谁也没有想到要做爱。小小的脸色很苍白，修平大约是在问她怎么了，她集中了所有的力量也只能是摇了摇头。

他让她靠在自己的胸前，她虚弱得像一只小小的帆船，漂在他大海般起伏的胸脯上。修平把她轻轻地搂紧了些，在心里对自己说，今晚我不能离开她。小小似乎也听见了他这句说在心里的话，但她对此完全没有信心。这个男人在她心中越来越消融了实体，像一片风，一缕烟雾，虽然有时聚成个人形，却会在下一瞬消失。

她只能被动地面对着他的消融，他的虚化。

她觉得生命的能量正在无情地从自己里面流出去，她想自己是要死了。那种极端的虚弱令她不得不对这份爱情放手，对他放手……

可是，等她终于握不住手，放开时，她发现其实手中什么都没有。等她任凭这爱撕皮带肉地离开她时，这情爱中的一切竟在瞬息化成了乌有。

秦小小曾经以为，若是把修平与这份爱情挖出她的心脏，那心会鲜血淋漓地留下个大洞，甚至只留下个红色皮袋。但此刻，当她被迫放开曾紧紧抓住的一切后，心却是完整的，痛楚也是完整的，是一种她不能理解的完整。

4

清早，远远近近的山上有不少爬山锻炼的人，有的爬上山顶会放嗓喊一声，悠长悠长，此起彼伏，在高高低低的山头上跌荡。

不知是要喊醒山,还是要喊醒自己里面的什么?或者只是要发嗓门喊出去一夜的郁积?或者,是让这声音像滑翔机般替不能飞的自己飞一阵?

小小被这远远回荡的声音喊醒后,就这么想着。过了一阵,才想起自己并没有死。昨晚的那种虚弱,那一瞬与死亡近在咫尺的感觉有点模糊。她想起了修平,身边是空的,她并不以为奇怪,只是木木地对着身边的空处看了一阵。然后起身,收拾好行李,离开房间。

去哪?小小坐在出租车里,她不是没想到丈夫柳如海,而是感到自己无法回去。无法再一次升上云层,再一次降落,无法再去推开那扇沉重的门。她没有勇气没有力量也似乎没有这个必要,再一次跨越大洋进入另一个世界。她想留在这里,她觉得这次回来原本就不是为了抱住那个男人,而只是为了这块土地。自己应该是这里的泥做的吧?怎么能不回归于这里的尘土呢?

小小在机场买了张去云南的机票。她早就听说那里也有一片红杉树林。

手机不断地疯响,一串又一串,排列着,像那道红墙,都是修平的电话号码,她打开了一次,但没有放到耳边去听,然后就关了机。走过一只垃圾筒时她想把它扔了,见有个人看着她,就算了,开了箱子扔在里面。

5

柳如海送走妻子后,没过几天就失去了她的消息,她的手机总是关机,这让他很担心。一个多星期后医院给家里来电话找他,问秦小小为什么一直没和医院联系。他说她回中国了,护士没再说什么。第二天大胡子医生自己打来电话,问小小是不是一个人回中国去的,接着就约柳如海去一趟他的办公室。于是,他就知道了一切。大胡子抱歉地说，按规定不能告诉他，但时间已经不允许再拖了。他表示无法理解地摇着头，柳如海一句话都说不出，勉强道了歉退出来。

接下来的日子，他无法去想小小是为了什么，甚至也没有时间悲痛。他翻查了家里所有的通讯录，先是给小小中国的家里打电话，他婉转地对父母说他们最近要回去，父母很高兴。显然小小根本没有回过家。接着他又用这个方法给小小所有亲戚和朋友打了一遍电话，亲近的表示出惊喜，远些的表示欢迎，再远些的觉得有些莫名其妙，但在片刻的发愣后仍很感动地说一定要见见面。没有一个人见过已经回到中国的小小。他自然一开始就想到了修平，他知道他们常联系，但他根本找不到他电话号码的记录。

两天后，柳如海坐在飞往中国的飞机上。

他心里有一种出奇的平安，他不相信小小——他的妻子，这个与他成为一体的生命可以就这样离开他。

6

杨修平是在天微微有点亮时离开小小的，她在熟睡中。

昨晚，他抱着她，感觉她的身体越来越凉，他紧紧地抱着，却好像什么都抱不住。他曾试图喊醒她，却喊不醒。直到天快亮时，她的身体才暖和，他听到了她轻弱的呼吸。他想，也许她真的需要自己陪一段时间，她的身体显然有病，至少今天要送她去医院。

修平临出门时望了眼躺在床上的小小，但只是匆匆的，想着马上就能回来。关上门后，他突然很想再抱一抱她，但门已被带上、锁住。他不忍心叫醒她，也不便去找服务员。在门口失魂落魄地站了会，忽然醒了似的觉得自己很好笑，又不是生死离别，说不定她还没醒我就能赶回来。

事实上，一夜没等到丈夫回家的王瑛不会让他那么顺利。等他终于带着儿子冲出家门,门里的号哭让他的心突然一酸。儿子一声不响地被他抱着下楼,眼睛却定定地看着他。他的头怎么也无法抬起来,无法对儿子说点什么。等修平把儿子送去幼儿园,打车回到小小的房间时,服务员正在收拾,说人已经退房走了。

修平再也没有打通小小的手机,她就这样突然消失了。

他在度假村的大门外呆站了一会,有辆出租车送客人过来,客人下车后,司机问他要不要走。他机械地点了点头,走过去伸手打开车门,但他突然不能跨进去。他匆匆关上车门说自己还有事,司机问他要不要等,他说不要。修平跑回总台,让服务员把小小的那间房门打开,服务员再三地说里面什么都没有,他若丢了什么东西一定是他朋友带走了。但他还是坚持要她打开门让他看一看,本来他并没有说是要找什么失落的东西,服务员这么一说,他就真感到丢了什么。

房门打开了,里面整齐得好像每一间旅馆的房间,甚至没留下小小一丝的气息,但他却不能让这门关上,他不能。今天早晨匆匆离开时,他没有把自己的心带走,他觉得小小也没有带走它,它就在这屋子中的某个角落,但它不肯回到他身上来跟他离开。

服务员有点不耐烦地催他,他抵着门的脚最后还是松开了。他到前台开了那间房,拿着钥匙回来再一次打开房门,反手关上。他靠着那扇薄薄的简陋的木门,对着这间显得陌生而冷漠的屋子哭了。

小小,你为什么总是不能等一等我?

7

杨修平原本只是想在那张床上躺一会,重新体会一下她的头伏在自己胸上的感觉,想让手臂记忆一下搂紧她时她身体的温度。然而,当他这样去细细地感受回忆时,小小昨晚的虚弱、死亡的寒冷都一丝丝一缕缕地渗入他心中。

空中不断地回荡着她的话，陪我一个月，行吗？或者，一个星期？他的心终于听到了那句她没说出来的话，也许不能说是听到，而是感受到——我没有时间了。

他在那张床上一躺躺了三天，他已经没有力量恨自己那天晚上的麻木与迟钝。一种奇妙甚至可怕的感应，将他的感觉与小小的连通了，虽然他无法知道她在哪里。那虚弱那病痛那走向死亡的孤单，都丝毫不漏地流进他的心和身体。他知道自己可以拒绝这些，可以把那道门关上，但他不能。

杨修平的电话一直开着，就放在枕边，每过一阵他就会打给小小，小小的手机始终关机。但他从自己的身体里面感觉到她还活着。他的电话一直在响，他已经把音量调到了最轻，但它还是爆响着。每次他都看，但都不是小小。有报社打来的，更多的是妻子王瑛。

第四天的凌晨，他终于接了她的一个电话。他预计她会歇斯底里地叫骂，故而把手机放得离耳朵远些。但里面竟然什么声音都没有，许久，才传来她怯怯的声音——你还回来吗？这声音和口气使他无法相信是妻子王瑛的。

对不起！在我办公室里有个文件袋，里面的东西是给你和小平的。你不用担心，你们一切都会很好。他说完就挂了电话，并且关了机。

接下来的时间他想得更多的是王瑛和儿子小平，他承认自己很对不起他们，但他想到办公室里的那个文件袋，里面装着他所有辛苦经营积存的财产，几个存折，不少的股票，还有债券和投资。

前些日子当他再见到小小以后，有一天他就收拾了这些。收拾的时候他很惊讶，原来在与小小分别的十多年中，他的心和生活是这样的务实，原来他也可以没有这份爱情而普普通通、实实在在地生活。但小小出现了，他便不能让她再一次消失。因为她是唯一真爱自己的女人,而王瑛爱的是自己的社会价值。当时,他看了看拿在手中的文件袋,就是这些吧?他想,如果有一天他要离开他们,他们应该可以生活得很好,他不能说没有对他们负责。

他很想去找小小,但她在哪里呢?从昨晚起,他敏感地发觉小小的一切如退潮般从他里面一丝丝抽去,剩下的只是他自己的虚弱与痛苦。她的病痛,她的生死,都一缕缕地从他拼命握紧的手中流出去。那扇门,那扇他不肯关上的门,似乎从另一面被关上了。他和她之间的那种连结,感知上的相通被隔断。

8

小小,不要!不要这样。他呼唤着她沉入昏睡中,梦里却没有她。

他梦见了一条河,河里的船,船上有个女人,怀着沉重的身孕。他就在她的身体里面,他看不见她的脸,但能听见她声音。他不要我们了——他不要我们——这声音凄凉而单薄,在冷冰冰的空气里飘一阵,落在同样冷冰冰的水上,一波一波远去。又似乎不曾远去,一生都随着他,让他的心常常惊慌。

他又梦见她坐在河边,背影比空气和水流更冰冷,不远处的石桥上有些人来去着,向她指指点点。他看见她站起来,面向着河水,好像要跳下去。他看见一个小男孩拼命地喊着妈妈跑过去,他觉得很奇怪,当时自己应该没有那么大,还抱在奶奶的怀里。他发现那个男孩不是自己,是儿子。女人的身子向水里倾下去,他不由地惊叫,随即却怕她回过头来,幸好,没有。

杨修平从梦中惊醒,眼睛一直盯着窗外的黑暗。他不敢去想刚才的梦,什么都不敢想。他一边呆呆地等着时间流过,一边感受着心灵和肉体中的空寂。

你还回来吗？——他想着她的声音，好像那声音不是从电话里传来的，而是从梦里传来的，是从河边的那个背影传来的。那声怯怯的问话在河水里一荡一荡，飘向很远的地方。

杨修平中午要了碗面，一直没有进食的身体只能接纳些面汤，但这点能量使他可以回家了。他里面那股与小小紧连着的，绞着情欲、疯狂、痛苦、爱慕、恐慌、贪恋、渴求、嫉恨种种情感的绳索，突然被一只手砍断了。那不是他的手，他希望也不是小小的。那种紧绷的仿佛要把心灵都缠死的感觉一旦松开，他就不由地醒过来。他不得不承认，自己其实不能为小小做什么。虽然他想，他要，但命运没有把她交给他来爱、来呵护。无论他们之间爱恋之线缠得有多紧，他们事实上已经错过，并且被命运和时光一刻不停地带向越来越远的两处。

他只希望衰老与等待死亡的时间不要太长，希望一切可以重新来过。如果真像小小说的，人没有来生，那他只能祈求上天在这个世界以外的什么地方，可以让他握住她的手，不用再放开。

9

杨修平那天回了家。儿子和平时不同，一直黏在他的身边。妻子王瑛默默地忙来忙去，但尽量不走进卧室。他从敞开的门看她，她的背影，特别是双肩的线条确实很像记忆中母亲的。晚上，儿子终于在他怀里睡着了，儿子睡着前，眼睛一直努力地时不时睁开来看他，似乎在问他，爸，你不会走吧？妻子从他怀里抱走了孩子，安顿他在自己的房间睡好。然后，她走回来。

王瑛从梳妆台抽屉里拿出那个文件袋，说，我上午去拿的，以为你给我写了信。但，里面什么都没有。她在床边坐下，他们的卧室不大，没有别处适合她坐。她背对着他，把那个沉甸甸的文件袋扔在他怀里。还给你，我不要。

他拿起那个文件袋，不知说什么。对不起！这是我全部……

不，这不是你，它什么都不是。

她没有回转身，努力压低了激动的声音。平，我跟了你十多年，做你妻子也八年了，还为你生了平儿。你，你就真的以为我只是要这些吗？

他说不出一句话来，只是面对着她开始微微颤动的肩背。

没错，我是常常说嫁丈夫就是要张长期饭票。我也知道你是怎么看我和我父母的，你觉得我们俗。但人活在这个世界上，嫁女儿找丈夫，谁都有梦想，谁都在拼命想实现自己的梦想。你是生活在真空吗？你不也是一天天上班下班，努力爬上去，挣多一些钱，捞多一点面子吗？

他一动不能动，被她扔在身上的这个文件袋重重地压着他，他不能去把它拿开，它仿佛是他真正的人生。

就算，就算你今天厌倦了这一切，厌烦这种生活，你要做梦，你要仅仅为爱而活着，难道……她的声音有点哽咽了，停了停，努力平静地说，难道，只有她一个人爱你？只有她一个人需要你爱吗？爸妈呢？虽然他们是我的父母，可是他们把希望、骄傲、晚年的依靠，都放在你身上，把你当成了他们自己的儿子。还有，平儿，平儿是你的儿子，是你让他生下来的。你……你要像你的父亲一样抛弃你的儿子吗？

王瑛说到这里，心里不由一紧。在他们家，这是个绝不能提的话题。杨修平从来不曾提过他的父亲。有一次吵架时她提了一句，那天他第一次也是唯一的一次打了她一巴掌，然后有近半个月不肯看她。从此她再也不敢提到他的父亲。但她今天顾不了许多，她必须把心里的话都说出来，否则她觉得自己要炸裂了。

身后鸦雀无声，她咬了咬牙，继续说。

血液是遗传的，这也要跟着遗传吗？你要像你父亲一样吗？你要让小平也成为你，最后也抛弃他的妻儿吗？你们家男人的婚姻是不是都要这样下去？她说着，开始轻声地哭起来。我真不知道自己怎么就选择了你……我从来没有后悔过……但，但现在后悔了。

杨修平把双手放在了妻子的肩上，好像是放在河边那个女人的肩上，她的哭声像是河水的声音。王瑛突然转过身来，把头埋在他的怀里痛哭起来。或许是生怕声音传出去吵醒了儿子，她把头埋得很深很紧。他只是任由她哭，他向后靠在被垛上，仰头向着空空的屋顶说，对不起！他不知道这句对不起是向怀中的女人说的，还是向心中的小小说的？也许，都是吧。

她的痛哭渐渐平缓了，她不能把头抬起来看他，她现在想对他说的话她从没有说过，她在这个男人的面前仍有一份羞涩。

修平，我要的不是那些，不是我嘴里说要的那些，不是你要留给我的那些。我要的是你！是我的丈夫，是我嫁的男人。那么多年了，你感觉不到我爱你、要你吗？其实，我比谁都更爱你，更需要你，更没有你不行。上天已经把你给了我，也把我给了你，你就不能认命吗？不能就按着老天爷的意思来爱我吗？……

他把手放在她头上，轻轻地摸着，低声说，我知道了。他从没有发现她的头发很厚很柔软，难道自己竟然从未曾抚摸过她的头？

王瑛说着哭着，竟睡着在他怀里。杨修平一动不动地躺着，觉得自己像死了一样，但又明明地感受到活着，很平静，很踏实，这甚至令他有一丝羞耻。与秦小小相关的爱与痛，此时离得很遥远，他好像远远地看着那海，不知道海潮是否有一天又会涌过来。

第七枝

1

柳如海坐的国际航班傍晚停在上海浦东机场,他出关后立即打车去了虹桥机场,等他转机到南京时已经深夜了。出租车把他送到玄武饭店,他房间的窗子正对着玄武湖,但现在什么都看不见。

他对着黑黑的湖面,想到十年前他和小小在玄武湖里划船,他对她说以后要给她一个漂亮的家,而她则笑着说,不要,你又不会干活,还不是要我打扫。然后她就指着湖边这幢漂亮的高楼说,若我们很有钱,就住宾馆吧。我就想住这上面,对着湖水写作。

他们现在的家虽然很大也很漂亮,但那是缺水的西部高原,风景美丽壮阔,但很少树也没有湖,只有裸着脊梁的山脉。小小从到那里开始就常常想要他换一个地方居住,但他很喜欢那里,后来她就不再说什么了。傍晚,他们总是坐在阳台的摇椅上,看瑰丽的晚霞落在层层折叠的山梁上,他竟然从没有想过出生江南水乡的妻子,有没有过对河流湖泊的想念。

当晚,他打电话向查询台问了杨修平所在报社的电话,他很生气自己到现在才想起这个方法。

2

第二天一早,杨修平刚进办公室就接到了柳如海的电话。柳如海问他有没有见到过小小,他说有。

知道她现在在哪里吗?

杨修平听到他的声音那么急切顿时愣住了,这两天,他一直安慰自己说小小一定已经回美国了,她会得到很好的医疗和照顾,但现在看来却不是。

你在哪?杨修平问。

玄武饭店。你知道她现在在哪吗?柳如海努力控制着自己的情绪。

我马上就到,见面再谈。杨修平知道小小一定是出了什么大问题,他不能不知道,他必须见到他问清楚。

十分钟后,这两个男人在饭店楼下咖啡厅里面对面坐下,他们几乎同时问对方,她怎么了?她在哪?当柳如海知道杨修平根本不知道小小现在在哪时,他就后悔见他,他不愿意把小小的病情告诉他,不愿意让这痛苦由另一个男人来分担,他想马上走开。但杨修平毕竟是唯一在中国与小小见过面的人,他只能从他身上找线索。

还在柳如海犹豫着如何向杨修平说时,杨修平自己问他,小小是不是患了很重的病?

你怎么知道?你们见面时她已经不好了吗?那你怎么会让她一个人走?……柳如海的问话一个接一个。

你能先告诉我她的病情吗?修平觉得自己里面的心都快跳出来了,难道命运只是为了让他们最后见上一面?此刻,他又完全忘记了他的家,他的妻子,他的儿子,忘记了他自己的一切决定。他恨自己没有紧紧抱住她,恨自己又一次松开了她的手。

柳如海大略地把医生告诉他的情况说了一下,杨修平就愣在那里，不能说话。虽然柳如海催问他见到秦小小时的情况，但他一时不能回答他。他调集了所有的意志不让眼泪流出眼眶，他此刻恨不能号啕痛哭一场，但他没有权力在柳如海面前为她哭，甚至没有权力悲伤。他必须尊重他，尊重小小，也尊重自己。

柳如海感受到了他的悲痛和忍耐，他对他们之间的感情一直很了解。虽然很着急，但他还是把眼睛移向别处，给这个男人一个处理自己感情的私人空间。

杨修平向他简略地说了一下他和小小在一起的情况，说小小那晚确实好像病得很厉害，自己原想第二天送她去医院，她却走了。

我给她打电话，但她一直都不接。后来接了一次，却没有声音，然后就关机了，一直没开过。我以为她回美国了。

她一晚上都没有提过什么地方吗？你能不能仔细想一想？若是有一点线索就好了，我真是需要尽快找到她。

她好像没有提到过什么地方。杨修平想了一下说。

这是我在中国的手机号，你若想起什么，给我打电话。或者……柳如海停顿了一下，如果小小和你联系，请告诉我。

杨修平点了点头，他看着柳如海，他站起来的时候说，我觉得她会和你联系的。他本来想说，小小始终选择信任的都是你，如果她要依靠谁，向谁求援，那一定是你，不是我。但他没有说，这些话突然出现在他脑子里，令他非常失落。何况这需要他，一个外人来说吗？

3

杨修平走出玄武饭店大门，门口有出租车，他不想坐，他只想一个人散漫地在街上走走。他的心痛得像要窒息，需要喘口气，这时他想到下午报社有个重要会议，自己必须赶回去。但现在小小不知在哪里,甚至不知是生是死,他还要在乎一个会议吗?几乎每隔一两天都会有一个很重要的会,然而,生命中接下来的成千甚至上万个日子里,他还能有机会握住她的手吗?他觉得此刻他有理由抛开一切,有理由可以脱离任何生活中的角色与责任。

然而,他只是这么走了十几步的路,还是伸手拦了一辆出租车。当他坐进去后,沮丧淹没了他,他知道自己不是一个可以飞翔在梦中的人。

杨修平回去后把那个晚上的每个细节都想了又想,这对他来说实在是残酷痛苦的事。幸亏王瑛带着儿子回娘家了,她妈妈生病。快到半夜时,他才想起小小说的一句话,忙打电话给柳如海。

小小晚上昏睡后,好像说了句梦话,好像说她想做棵红杉树。我没太听清楚,也不明白。也许,是我听错了。他这样对柳如海说的时候,感到了与秦小小的隔离。这隔离让他一时难以接受,他一直以为他俩是相通的,无论时间还是距离,无论命运还是生活的现实,都不能令他们之间有一丝的隔断。然而,此刻这隔离却是那么不容置疑地突显在他面前。

不,你听得对!太谢谢了,我知道。我明白。真是太谢谢你了!

柳如海的声音很兴奋,他没向他解释就匆匆挂断了电话。杨修平就愣在那里。

柳如海的声音在他耳边回荡,——我知道,我明白——而他自己对这个心爱的女人知道什么?明白什么?他似乎是第一次面对了小小与柳如海近十年的夫妻关系。仅仅几分钟,柳如海又打来了电话。

你能不能用报社的关系,帮我查一查小小有没有出境?对不起!可能比较困难吧?

没关系,我会尽力的。他这样说的时候心里很悲哀,自己只能以这样局外人的身份,说这样生疏的话。

4

  小小离开已经一周了,修平托了许多朋友,过了三天终于查清小小没有出境记录。他没有给柳如海打电话说这事,而是直接去了他住的旅馆,他要知道他的计划,他无法置身事外。
  他告诉他小小没有出境后,柳如海就把眼睛盯在屋子里另一张空着的床上,上面排布着各种旅游小册子。他自言自语地说,我就猜她不会离开这里。修平俯身看着那些小册子,都是介绍中国各地森林,特别是有红杉树林的地方,他突然明白了。
  能不能让我和你分头去找?他问。他想即使他不同意,自己还是要去。
  柳如海想了一会,抬头看着修平,突然说,你坐。杨修平忐忑不安着,还是在他对面坐了下来。
  修平,我们不是今天才认识。十多年前,你我和小小就在一起。我不仅很清楚你心里的感受,清楚你们之间的事,我也一直看着你们如何自己选择了分开,或者说命运是如何进行的。上天把小小领到了我的生命里,成为我的妻子,也给了你另一个人。如果你要珍惜要抓住小小,那都应该在十多年前。现在,你已经无法来为她做什么了,无法再去给她真正的呵护与快乐……
  柳如海的口气是平静的,完全没有责备,他认为自己不能责备这份爱情,他甚至也感谢修平对他妻子的爱。他一边说一边自问自己是否太冷酷,但他决心要说下去,他清楚自己里面只有爱没有恨。他甚至也爱修平,因为他是小小喜欢的,而小小是与自己合为一体的妻子,他没法讨厌她所喜欢的人。
  ……你如果想爱一个女人,想去呵护照顾一个女人,那应该是你的妻子,是那个上天给你的女人,那个你娶了她,使她只能盼望从你身上得到爱和保护的女人。

修平，我们男人真是应该感谢做我们妻子的女人。她们把一生放在我们手上，相信我们能爱她，成为她的依靠，成为她生命中所有贫病悲愁的呵护者。她愿意把她一切的快乐，女人天性中的奇妙与美丽来和你分享。《圣经》上说，丈夫要爱妻子以至能为她舍命。也许我们还做不到为妻子舍命，但至少该尽力爱她。这也许不是我们常说的爱情，但这是爱……

5

杨修平一言不发地听着，他的头埋在两只撑着额头的手臂里。柳如海看了他一会，把手放在他的肩上，说，我很尊重你的感情，我能理解你心中对小小的关心，但我想请你相信我，就像一个哥哥把妹妹交给他丈夫一样，相信我会尽全力爱她，照顾她。相信我一定能找到她，会让她在幸福中。好吗？

杨修平抬起头看着柳如海说，我现在很感谢上天，因为他让小小嫁给了你……谢谢！为许多事。

在他走出屋子前，他犹豫了一下还是回头说，如果可以，等你找到她以后，告诉我她平安，我不会再打扰你们。柳如海说，我会让她给你打电话的，你永远是我们的朋友，如果你愿意。

杨修平走了以后，柳如海站在窗前，望着空中安静飘动的白云，望着远处隐隐而来的暗影，他不能说自己对刚才这个男人完全没有愤怒与嫉妒，不能说自己一点都不怨恨责怪妻子小小。这愤怒、这怨恨能够拆毁他外面的婚姻，能够污染浑浊他里面的心灵，但他感到欣慰的是自己尚有着一份真实的爱，一份对婚姻的信心。他相信，爱能遮盖一切，遮盖过错，也弥合裂痕。

古希伯来语中，"约"也是遮盖的意思，"婚约"应该就是一份爱的遮盖。他不由地想起他与小小的婚礼，那是一个中西合璧的婚礼。当时没有牧师向他们说那段经典的誓约，但他们面对着彼此,问对方——你愿意嫁(娶)我为妻吗?从今以后,无论境遇好坏,无论富有或是贫穷,无论疾病或是健康,都珍爱并与我相守,直到死亡。

此刻,柳如海何等渴望再一次看着小小的眼睛对她说,我愿意。

6

接下来的一个月,柳如海跑遍了中国有红杉树森林的地方,最后来到了最远的云南边陲。他在驶往林区道路上颠簸时,接到了妻子小小的电话。他把自己在中国用的手机号留在美国家里的电话留言机上,他一直相信小小会给他打电话,但他的信心几乎快要没了。

小小没有多说什么,只是告诉了他自己现在所住的地方,那里正是柳如海坐车要去的林区。他对她说,我马上就来。小小甚至笑了笑,说,不急,你又没有翅膀。柳如海说,我有。

他向司机打听那个村落,司机说汽车可以稍稍绕一下,把他送到村口。司机问这个长得挺像中国人的老外,你是来旅游吗?柳如海开心地笑了,说,我来接我的妻子。他发现经过这一个月,自己还会笑,笑声也没有改变。

……

山里的村落并不像平原的,仅十来家猎户,松散住着,也没有明确的一棵大树作为村口标志。不过可能是很少来外人吧,柳如海下了车,车还没弯过一道梁,就有孩子们飞快地跑来,在五六步远外站定,等着后面慢慢走来的大人。

柳如海一开口,把那些围着他只看不说话的人吓一跳,原来大鼻子会说中国话。他说要找个女人,是他妻子。孩子们没等他说完就抢着说知道,争着踮起脚,把胳膊伸得老长。柳如海沿着他们指的方向看过去,密密的林子什么也看不见。

一个老人走近来，宽脸，只说了一个字，走。孩子们也吵着说要带他去，老人只是回头看他们一眼，这群喳喳的小鸟就闭上了嘴。然后，他一挥手说，家去。大人孩子就都散了。也有被拖着不甘心的顽童，回头向柳如海做鬼脸，只是没一个敢出声吵闹的。

他跟着老人走进林子，一条小小的土路弯曲向前。她没住村里吗？他问。养病怕闹吧，不远。老人答。柳如海正想着小小一个人住在林子里不怕吗？她的眼睛？老人头没回一下，却好像背后有眼睛能读懂他的心事，说，不怕，我孙女陪着。

7

走了十多分钟就看见那座小屋，屋前有块不大的空地，照不进林子的阳光像一汪水般聚在那里。一个小姑娘正在门外劈柴，十五六岁的山里姑娘，已长得结实浑圆。

她一见到他们，高兴地跑过来，老人向她摆了摆手，示意别叫，但一声爷爷已亮亮地喊出了她的口。这时，柳如海看见秦小小从屋子里跨出门来，脸色虽然有些苍白，却含着笑。她一手扶着门框，一手挥起来招呼，大爷来了？快进来坐。

老人拉了孙女闪到一边，示意柳如海独自过去，他们就转身向来的路走了。柳如海向小小走过去时，见她挥在半空的手停住了，脸上的表情又是疑惑，又是惊喜。然后，她扶着门的手放开，两臂向前平伸着突然跑过来，是你吗？真的是你！这时他发现妻子已经失明了，他没顾得上心中猛然涌起的酸楚，几个大步迎上去，把她抱紧在怀里。他太高了，和每次一样，一用力抱她，小小的双脚就离了地。她瘦了许多，轻得像只小鸟。他心中的爱好像都化成了水，快盛不下了。

你怎么会来得那么快？小小在他的怀里问。

我不是告诉你，你丈夫有翅膀吗？他一边弯腰贴在她耳边轻声说，一边顺手把她横抱在怀，向屋里走去。

阳光倾泻在他俩身上，他好像不是抱着有病的妻子，而像是当年在F大学的学生舞厅中第一次与她共舞。他俩都还记得第一首舞曲，是英文歌曲"交换舞伴"，歌词大意是——

> We were waltzing together to a dreamy melody
> When they called out "Change partners"
> And you waltzed away from me
> Now my arms feel so empty as I gaze around the floor
> And I'll keep on changing partners
> Till I hold you once more
>
> Though we danced for one moment
> And too soon we had to part
> In that wonderful moment
> Something happened to my heart
> So I'll keep changing partners
> Till you're in my arms
> And then Oh, my darling
> I will never change partners again
>
> 我们曾舞着华尔兹滑入梦的旋律
> 当他们喊"交换舞伴"
> 你就踩着华尔兹的舞步，离我而去
> 我的怀抱感到如此空荡，目光在地上徘徊
> 我会不断地交换舞伴
> 直到再次拥你入怀

虽然，我们只共舞于一瞬
很快就会被分开
但在那美妙的瞬间
有些情感萌生于我的心灵
于是，我将不断地交换舞伴
直到你被我拥在双臂之间
然后，哦，亲爱的
我将再也不换舞伴

8

柳如海低头看小小，对她说，你跑不掉的，你是我永远的舞伴。永远，无论生死。

你都知道了？小小的表情像个做错事的孩子。

当然。他笑起来，恢复了常有的爽朗。这次你逃不掉一顿教训，让你屁股肿一个月。他把她放在床上，自己坐在她身边。有一瞬他问自己，这种大度是否是虚伪的，但他确实无法在心中穿越爱的帷幕，而看见那些应该存在的阴影。他满足于小小在自己面前仍像个孩子，他不想要她因愧疚而成熟、而衰老。

这次你也打不成我。小小好像忘记了一切，在这一瞬，脸上掠过在他面前常有的撒娇与顽皮。

为什么？这次一定要打了。

他很想伸手摸摸她瘦得小了一圈的脸，他心痛地想着这脸比自己手掌还要小。但他不敢去摸，他怕控制不住自己的感情，他不断地对自己说，我要坚强。

小小的表情突然变了，一种从未有过的成熟、坚定、幸福。她将他大大的手掌放在自己腹部，说，我有了你的孩子。柳如海觉得太意外了，他一时间都无法思想。小小等了许久，在这一片沉默中她哭了。

我知道，我知道这是多么不可能，但他来了！我们等了那么多年都没等来的孩子，他现在来了。我不能对他说，他来的不是时候。我要把他生出来，我一定要活到把他生出来。他不能跟我走！我没有权力就这么带他走……

她哭着伏在他的怀中。

如海，带我回美国，越快越好！找最好的医生给我动手术，我不再怕失败，我一定会活下去的，因为我要听到他的哭声……

柳如海紧紧地抱住妻子，妻子身体里的微小生命向他传递着非常的信心，传递着勇气，传递着造物主的信息。他不需要小小告诉他更多，他在这一瞬完全体会了这些天来，这个小生命在她心中引起的震撼与改变。

小小，你不仅能听到他的哭声，你也能看见他，看着他学走路，看着他长大，看着他和另一个女孩跳华尔兹。

他让她躺下，用手指细心地擦去她脸上的泪。金色的夕阳从窗外漫溢进来，平铺在小小的脸上。柳如海在这一刻回想着小小一张张刻在他心中的面容，不禁默默祈祷：上帝啊，你既然把这个女人给我为妻，求你不要带走她。求你不要惩罚她，愿你的审判在我身上，因为我是她的丈夫，我愿意替她领罪。愿你的怜悯在她身上，因为你是好怜悯、乐于赦免人的神。

如海，我，是不是对不起你？秦小小迷茫地问他，对不起的概念仿佛只来自外面，并非从她里面生出。她觉得自己虽不能痛悔，但至少应该强烈地感到愧疚，但没有。使她无法恨自己、无法强烈愧疚的，正是她的丈夫，是他里面的爱。这爱似乎将昨天日历般翻了过去。

小小，我只记得你的美好。如果你想弥补，做一个更好的妻子，前提是要好好活着，陪我到老。

很老吗？

很老。柳如海看了眼窗外不远处的两棵红杉树，低头对小小说。

小小，在你床边有扇窗，窗外能看见两棵裸出驼红色树干的红杉树，它们并肩立了千年，甚至更久。这中间一定遇到过许多事，可是它们此刻仍然站在一起，坦然、单纯地相对着，好像一对年轻的恋人。千年时光中的种种灾难都在它们身上看不见，因为它们并不记住那些，它们只是让生命站成一个整体。

他弯下腰，轻轻地吻着她的额头、眼睛，他让嘴唇在她的唇角停留了许久。

初稿完成于2004年9月16日晚阿尔伯克基沙鹰小宅
二稿完成于2006年9月18日晚洛杉矶
三稿完成于2006年12月15日晚洛杉矶淘伦斯市
再版修改于2018年11月1日海南文昌山海天

图书在版编目(CIP)数据

红墙白玉兰/施玮著. —上海：复旦大学出版社，2019.8
(复旦大学中文系"高山流水"文丛/陈引驰，梁永安主编)
ISBN 978-7-309-14437-6

Ⅰ.①红… Ⅱ.①施… Ⅲ.①长篇小说-中国-当代 Ⅳ.①I247.5

中国版本图书馆 CIP 数据核字(2019)第 157353 号

红墙白玉兰
施 玮 著

出 品 人　严　峰
责任编辑　宋文涛

复旦大学出版社有限公司出版发行
上海市国权路 579 号　邮编：200433
网址：fupnet@fudanpress.com　http：//www.fudanpress.com
门市零售：86-21-65642857　团体订购：86-21-65118853
外埠邮购：86-21-65109143　出版部电话：86-21-65642845
常熟市华顺印刷有限公司

开本 890×1240　1/32　印张 6.875　字数 163 千
2019 年 8 月第 1 版第 1 次印刷

ISBN 978-7-309-14437-6/I·1167
定价：38.00 元

如有印装质量问题，请向复旦大学出版社有限公司出版部调换。
版权所有　侵权必究